Im Jahre 1714 reißt an einem Sommertag eine Hängebrücke in Peru. Bei dieser Katastrophe finden fünf Menschen den Tod: die einsame alternde Marquesa de Montemayor, ihre junge Gesellschafterin Pepita, der um seinen Zwillingsbruder trauernde Estebán, der von einem abenteuerlichen Leben gezeichnete Onkel Pio und der Knabe Don Jaime, den Pio in Lima erziehen wollte. Bruder Juniper, den fast das gleiche Los getroffen hätte, nimmt dieses Verhängnis zum Anlaß, Nachforschungen über das Leben der Unglücklichen anzustellen. War ihr Ende Fügung oder bloßer Zufall? Seine Fragen bleiben ohne Antwort, und das Buch, in dem er seine Erfahrungen sammelt, fällt, wie er selbst, dem Urteil der Inquisition zum Opfer.

»Das Bewußtsein des Schwindel erregenden verschwenderischen Ablaufs unzählbarer menschlicher Geschicke in Jahrtausenden und in einem Weltall, das nichts weiß von diesen Geschicken ... führt Wilder zu seiner gelassenen Bescheidenheit, die ... nur ein Teil des ergriffenen Staunens ist, des Respektes, aus dem sich die dem Dichter eigene, wunderbar poetische Atmosphäre ergibt.« (Carl Jacob Burckhardt)

Thornton Wilder wurde am 17. April 1897 in Madison, Wisconsin, als Sohn eines Zeitungsverlegers geboren, der als Generalkonsul nach Hongkong und Schanghai ging. Thornton Wilder erhielt für sein umfangreiches literarisches Werk zahlreiche Auszeichnungen, u. a. dreimal den Pulitzer-Preis und 1957 in Frankfurt am Main den Friedenspreis des deutschen Buchhandels. Er starb am 7. Dezember 1975 in Hamden, Connecticut.

Im Fischer Taschenbuch Verlag: Die Romane ›Der achte Schöpfungstag‹. (Bd. 10810), ›Die Iden des März‹. (Bd. 11976), ›Theophilus North oder Ein Heiliger wider Willen‹. (Bd. 10811), ›Dem Himmel bin ich auserkoren‹. (Bd. 11651), und die Theaterstücke ›Unsere kleine Stadt‹ (Bd. 7022), ›Wir sind noch einmal davongekommen‹ (Bd. 7029), ›Die Alkestiade‹ (Bd. 7076).

Unsere Adresse im Internet: www.fischerverlage.de

Thornton Wilder

DIE BRÜCKE VON SAN LUIS REY

Aus dem Amerikanischen von
Herberth E. Herlitschka

Mit einem Nachwort von
Helmut Viebrock

Fischer Taschenbuch Verlag

Limitierte Sonderausgabe
Veröffentlicht im Fischer Taschenbuch Verlag,
einem Unternehmen der S. Fischer Verlag GmbH,
Frankfurt am Main, Oktober 2004

Die amerikanische Originalausgabe erschien 1927
unter dem Titel »The Bridge of San Luis Rey«

Druck und Bindung: Clausen & Bosse, Leck
Printed in Germany
ISBN 3-596-50800-2

Meiner Mutter

Erster Teil

VIELLEICHT EIN ZUFALL

Freitag, den 20. Juli 1714, um die Mittagsstunde riß die schönste Brücke in ganz Peru und stürzte fünf Reisende hinunter in den Abgrund. Diese Brücke lag im Zuge der Straße von Lima nach Cuzco und wurde täglich von Hunderten von Menschen begangen. Die Inkas hatten sie vor mehr als einem Jahrhundert aus Weidenzweigen geflochten, und jeden Fremden führte man hin, sie ihm zu zeigen: eine bloße Leiter aus schmalen Latten mit Geländern aus getrockneten Ranken, so schwang sie sich über die Schlucht. Pferde und Wagen und Sänften mußten viele hundert Fuß tiefer hinab und auf Flößen über den schmalen Wildstrom setzen, aber niemand, nicht einmal der Vizekönig, nicht einmal der Erzbischof von Lima, hatte je den Umweg mit dem Gepäck gemacht, statt über die berühmte Brücke von San Luis Rey zu gehn. Der hl. Ludwig von Frankreich selbst beschützte sie durch seinen Namen und durch das Lehmkirchlein drüben auf der anderen Seite. Die Brücke schien zu den Dingen zu gehören, die ewig bestehn; es war undenkbar, daß sie je reißen könnte, und kaum hörte ein Peruaner von dem Unglück, bekreuzigte er sich und rechnete im Geist nach, vor wie kurzer Zeit er selbst über die Brücke geschritten war und wie bald er sie wieder zu benützen gedacht hatte. Die Leute gingen wie in einem bösen Traum umher und murmelten vor sich hin; sie vermeinten, sich selbst in den Abgrund stürzen zu sehn.

In der Kathedrale wurde ein feierlicher Trauergottesdienst gehalten. Die Leichen der Opfer wurden, so gut es ging, geborgen und, so gut es ging, voneinander gesondert, und es begann ein großes Gewissenerforschen in der wunderschönen Stadt Lima. Zofen gaben Armbänder zurück, die sie ihren Herrinnen gestohlen hatten, und Geldverleiher hielten ihren Frauen erregte Reden zur Verteidigung des Wuchers. Doch ist es recht seltsam, daß das Ereignis einen so starken Eindruck auf die Limaner machte, denn in jenem Land waren solche Katastrophen, die von den Juristen empörenderweise als Eingriffe einer höheren Gewalt bezeichnet werden, ungewöhnlich häufig. Springfluten schwemmten oft ganze Städte hinweg, Erdbeben gab es jede Woche, und alle Augenblicke stürzte irgendwo ein Turm ein und begrub gottesfürchtige Männer und Frauen unter sich; Seuchen suchten beständig eine um die andre Provinz heim, und Altersschwäche raffte einige der trefflichsten Bürger dahin. Darum war es so erstaunlich, daß das Reißen der Brücke von San Luis Rey den Peruanern besonders naheging.

Alle waren sie tief erschüttert, aber nur ein einziger wurde zum Handeln bewogen, und das war Bruder Juniper. Durch eine so außerordentliche Verkettung von Zufällen, daß man beinahe das Walten einer Absicht vermuten könnte, weilte dieser kleine rothaarige Franziskaner aus Norditalien grade damals in Peru, um die Indios zu bekehren, und wurde Zeuge des Unglücks.

Es war sehr heiß an jenem verhängnisvollen Mittag, und um die Schulter eines Berges biegend, blieb Bruder Juniper stehn, sich die Stirne zu trocknen und nach der zackigen Mauer schneeiger Gipfel in die Ferne zu blikken und dann hinunter in die Schlucht zu seinen Füßen, die erfüllt war von dem dunklen Gefieder grüner Bäume und grüner Vögel und überbrückt von der Leiter aus Flechtwerk. Freude war in ihm; seine Sache ging nicht schlecht vorwärts. Er hatte mehrere kleine Kirchen wieder eröffnet, und die Indios kamen zur Frühmesse hereingeschlichen und stöhnten, wenn das Wunder geschah, als wollte ihnen das Herz brechen. Vielleicht war es die reine Luft von den Schneefeldern vor ihm, vielleicht die ihn flüchtig streifende Erinnerung an den Psalm, der uns die Augen zu den hilfreichen Bergen erheben heißt, – wie dem auch war: er fühlte Frieden im Herzen. Dann sah er hinab auf die Brücke, und im selben Augenblick ward die Luft erfüllt von einem schwirrenden Laut, wie wenn in einem unbewohnten Zimmer die Saite eines Musikinstruments reißt, und er sah die Brücke sich teilen und fünf zappelnde Ameisen in die Schlucht hinunterschleudern.

Jeder andere hätte sich mit heimlicher Freude gesagt: »Fünf Minuten später, und auch ich . . .!« Aber es war nicht dieser Gedanke, der Bruder Juniper ergriff. »Warum geschah das just diesen fünfen?« fragte er sich. Wenn es überhaupt einen Plan im Weltall gab, wenn dem menschlichen Dasein irgendein Sinn innewohnte, mußte er sich, wenn auch noch so geheimnisvoll verborgen, sicherlich in diesen fünf so jäh abgeschnittenen Lebensläufen entdecken lassen. Entweder leben wir durch Zufall und sterben durch Zufall, oder wir leben nach einem Plan und sterben nach einem Plan. Und in diesem Augenblick faßte Bruder Juniper den Entschluß, die geheime Lebensgeschichte der fünf Menschen, die da vor seinen Augen in die Tiefe stürzten, zu erforschen und den Grund ihres jähen Dahingerafftwerdens zu entdecken.

Es schien Bruder Juniper hohe Zeit zu sein, daß die Theologie ihren Platz unter den exakten Wissenschaften einnähme, und er hatte seit langem beschlossen, ihr den zu verschaffen. Was ihm bisher gefehlt hatte, war ein Laboratorium. An Versuchsobjekten war nie Mangel gewesen; einer ganzen Anzahl seiner Schäflein war irgendein Unglück zugestoßen: Giftspinnen hatten sie gestochen, sie hatten es auf der Lunge bekommen, ihre

Häuser waren niedergebrannt, und ihren Kindern waren Dinge widerfahren, von denen man lieber die Gedanken abwendet. Aber von allen diesen Ursachen menschlichen Leids war keine je für eine wissenschaftliche Untersuchung ganz geeignet gewesen. Es hatte bei ihnen das gefehlt, was unsre wackern Gelehrten späterhin *strenge Kontrolle* nannten. Der Unglücksfall war zum Beispiel durch menschlichen Irrtum bedingt gewesen oder hatte ein Element von Wahrscheinlichkeit zur Voraussetzung gehabt. Dieses Reißen der Brücke von San Luis Rey aber war eine reine Fügung Gottes. Es bot ihm ein ganz einwandfreies Laboratorium. Hier ließ sich endlich Seinen Absichten in reinem Zustand auf die Spur kommen.

Du und ich, wir können sehn, daß solch ein Vorsatz, hätte ein andrer als Bruder Juniper ihn gefaßt, die Blüte eines völligen Skeptizismus gewesen wäre. Er ähnelte dem Bemühen jener Vermessenen, die auf der Himmelsflur einherwandeln wollten und den Turm zu Babel erbauten, um dahin zu gelangen. Für unsern Franziskaner aber enthielt sein Experiment keine Spur eines Zweifels. Er wußte das Resultat voraus. Er wollte es bloß beweisen, historisch, mathematisch beweisen, zu Nutz und Frommen seiner Bekehrten – armer, verstockter Geschöpfe, die zu schwerfällig waren, um zu begreifen, daß ihre Leiden ihrem Leben zu ihrem eigenen Besten eingefügt seien. Die Menschen verlangt es stets nach guten, gediegenen Beweisen, und der Zwei-

fel regt sich ewig in der Menschenbrust, selbst in Ländern, in denen die Inquisition dir deine geheimsten Gedanken schon von den Augen ablesen kann.
Es war nicht das erste Mal, daß Bruder Juniper versucht hatte, zu solchen Methoden zu greifen. Oftmals auf den langen Wanderungen, die er, von Pfarre zu Pfarre eilend, die Soutane vor Hast bis zu den Knien gerafft, unternehmen mußte, verfiel er in Träume von Versuchen, welche die Wege Gottes vor den Menschen rechtfertigen würden, zum Beispiel der Anlegung eines vollständigen Verzeichnisses aller Gebete um Regen und ihrer Ergebnisse. Wie oft hatte er auf den Stufen eines seiner Kirchlein gestanden, während vor ihm, in der sonnendurchglühten Straße, die Gemeinde auf den Knien lag. Wie oft hatte er seine Hände zum Himmel erhoben und das herrliche Gebet gesprochen. Nicht oft, aber mehrmals, hatte er gefühlt, wie die Gnade ihn durchdrang, hatte er gesehn, wie sich am Himmelsrand die kleine Wolke bildete. Doch es war viele Male geschehn, daß Wochen vergingen . . . Aber warum an die denken? Nicht er selbst war es ja, den er zu überzeugen suchte, daß Regen und Dürre weislich zugemessen seien.
So kam es, daß im Augenblick, als das Unglück geschah, jener Entschluß in ihm aufkeimte und der Anlaß für ihn wurde, sich jahrelang damit zu beschäftigen, an alle Türen in Lima zu pochen, Tausende von Fragen zu stellen, Dutzende von Schreibheften zu füllen in seinem

Bestreben, die Tatsache zu beweisen, daß jedes der fünf geendeten Leben ein abgeschlossenes Ganzes gewesen war. Jedermann wußte, daß er an einer Art Denkschrift über den Unglücksfall arbeitete, und jedermann erwies sich sehr hilfreich und irreführend. Einige wußten sogar vom Hauptzweck seiner Tätigkeit, und es fanden sich Gönner an sehr hohen Stellen.

Das Ergebnis all dieses Fleißes war ein mächtiger Foliant, der, wie wir später sehn werden, an einem herrlichen Frühlingsmorgen auf dem großen Platz öffentlich verbrannt wurde. Es gab aber eine geheime Abschrift, und die fand nach vielen Jahren und ohne recht beachtet zu werden, ihren Weg in die Bibliothek der Universität von San Marco. Dort liegt sie jetzt zwischen zwei dikken Holzdeckeln und verstaubt in einem Regal. Das Werk behandelt der Reihe nach die Opfer der Katastrophe, verzeichnet Tausende von kleinen Tatsachen und Anekdoten und Zeugnissen und schließt mit einem weihevollen Abschnitt, der darlegt, warum Gott just jene Menschen und jenen Tag erwählte, um Seine Weisheit zu offenbaren. Und doch erfuhr Bruder Juniper, trotz seiner ganzen Emsigkeit, nie von dem einen, alles zu innerst Bewegenden in Doña Marias Leben, noch in Onkel Pios, ja nicht einmal in Estebans. Und ich, der ich behaupte, so viel mehr zu wissen, – ist es nicht möglich, daß auch mir die wahre Triebkraft des Ganzen entgangen ist?

Manche sagen, es gebe kein Wissen für uns und wir

seien den Göttern nichts anders als Mücken, wie die Knaben sie haschen und töten an einem Sommertag; und manche wieder sagen, kein Sperling verliere ein Federchen, das ihm nicht hinweggestreift wurde von der Hand Gottes.

Zweiter Teil

DIE MARQUESA DE MONTEMAYOR

Jeder Schuljunge in Spanien muß heute mehr über Doña Maria, Marquesa de Montemayor, wissen, als Bruder Juniper in Jahren des Forschens entdecken sollte. Ein Jahrhundert nach ihrem Tod waren ihre Briefe ein Denkmal der spanischen Literatur geworden, und ihr Leben und ihre Zeit sind seither immer wieder Gegenstand langen, eingehenden Studiums gewesen. In einer Hinsicht aber haben ihre Biographen ebenso geirrt wie Bruder Juniper in einer andern: sie versuchten, sie mit einer Fülle von Reizen auszustatten, in ihr Leben und ihre Person einige der Schönheiten hineinzulesen, an denen ihre Briefe so überreich sind, während alle wirkliche Kenntnis dieser wundervollen Frau damit beginnen muß, sie herabzusetzen und aller Zierden, bis auf eine, zu entkleiden.

Sie war die Tochter eines Tuchhändlers, der sich, einen Steinwurf weit von der Plaza, das Geld und den Haß der Limaner erworben hatte. Sie hatte keine glückliche Kindheit gehabt: sie war häßlich; sie stotterte; die Mutter setzte ihr mit beißendem Hohn zu, in dem Bemühen, etwelche gesellschaftliche Talente zu erwecken, und zwang sie, sich in der Stadt in einer wahren Rüstung von Schmuckstücken zu zeigen. So führte sie ein einsames Leben und dachte ihre eigenen Gedanken. Es stellten sich viele Freier ein, sie aber kämpfte, solange sie konnte, gegen die Konvention ihrer Zeit an und war entschlossen, unverheiratet zu bleiben. Da kam es zu hysterischen Auftritten mit ihrer Mutter, Vorwürfen, Tränen und Türenzuschlagen. Endlich, mit sechsundzwanzig Jahren, fand sie sich in die Ehe gepfercht mit einem hochmütigen, ruinierten Edelmann, und die Kathedrale von Lima summte förmlich von den boshaften Spötteleien der Hochzeitsgäste. Sie lebte auch weiterhin einsam und allein mit ihren Gedanken, und als sie eine ausnehmend schöne Tochter gebar, wandte sie ihr eine abgöttische Liebe zu. Die kleine Clara geriet jedoch ihrem Vater nach; sie war kalt und besaß mehr Verstand als Herz. Mit acht Jahren machte sie seelenruhig ihrer Mutter Ausstellungen an deren Aussprache und betrachtete sie alsbald mit Befremden, ja mit Abscheu. Die eingeschüchterte Mutter wurde demütig und unterwürfig, aber sie konnte sich nicht enthalten, Doña Clara mit nervöser Besorgtheit und einer zum Überdruß werdenden Liebe zu verfolgen. Wiederum kam es zu hysterischen Beschuldigungen, Tränen und Türenzuschlagen. Unter den vielen Heiratsanträgen, die sie erhielt, wählte Doña Clara mit Bedacht denjenigen, der ihre Übersiedlung nach Spanien notwendig machte. So ging sie denn nach Spanien, in das Land, aus dem man erst nach sechs Monaten Antwort auf einen Brief erhalten konnte. Das Abschiednehmen vor einer so langen Reise wurde in Peru zu einer förmlichen kirchlichen Zeremonie. Das Schiff wurde gesegnet, und während der Abstand zwischen ihm und dem Ufer immer größer wurde, knieten hüben und drüben die Menschen und sangen eine Hymne, die in all der freien Luft niemals anders als schwächlich und verzagt klang. Doña Clara schiffte sich mit bewundernswerter Fassung ein, und ihre Mutter blieb zurück, den hellen Segeln nachstarrend und die Hand bald aufs Herz, bald auf den Mund pressend. Streifig und verschwommen wurde ihr der Anblick des heiteren Stillen Ozeans und der riesengroßen perlfarbenen Wolken, die ewig unbewegt darüber hängen.

Allein in Lima zurückgelassen, entfaltete die Marquesa ihr Leben immer mehr nach innen. Sie wurde zunehmend nachlässiger in ihrer Kleidung, und wie alle einsamen Menschen, sprach sie laut mit sich selbst. Ihr ganzes Dasein hatte seinen Brennpunkt in ihrem Geist. Auf dieser Bühne wurden endlose Zwiegespräche mit der Tochter aufgeführt, unmögliche Aussöhnungen, immer wieder von neuem begonnene Szenen der Reue und Verzeihung. Auf der Straße gewahrte man eine alte Frau, der die rote Perücke ein wenig über das eine Ohr hing, die eine Wange gerötet von einem häßlichen Ausschlag, die andere von einer ausgleichenden Behand-

lung mit Rouge. Ihr Kinn war nie trocken, ihre Lippen blieben nie still. Lima war eine Stadt der Sonderlinge, aber sogar hier wurde sie zum Gespött, wenn sie durch die Straßen fuhr oder die Stufen zu einer Kirchtüre hinaufschlurfte. Man glaubte von ihr, sie sei unaufhörlich betrunken. Ärgeres noch wurde ihr nachgesagt, und Gesuche waren unterwegs, daß sie in Gewahrsam gebracht werden möge. Dreimal war sie der Inquisition angezeigt worden. Es ist nicht ausgeschlossen, daß man sie verbrannt hätte, wenn ihr Schwiegersohn in Spanien weniger einflußreich gewesen wäre und sie sich nicht irgendwie ein paar Freunde am Hof des Vizekönigs erworben hätte, der sie ihrer Seltsamkeit und großen Belesenheit halber duldete.
Die betrüblichen Beziehungen zwischen Mutter und Tochter wurden durch Mißverständnisse in Geldangelegenheiten noch weiter verbittert. Die Condesa erhielt von ihrer Mutter ein ansehnliches Jahrgeld und häufige Geschenke. Doña Clara wurde bald die hervorragendste Frau von Geist am spanischen Hof. Alle Schätze Perus aber hätten nicht ausgereicht, ihr den großartigen Lebensstil zu ermöglichen, den sie für sich ausdachte. Seltsamerweise entsprang ihre Verschwendungssucht einem der besten Züge ihres Wesens: sie betrachtete ihre Freunde, ihre Dienerschaft und alle interessanten Leute in der Hauptstadt als ihre Kinder. Es schien in der Tat nur eine einzige Person auf Erden zu geben, für die sie sich nicht in gütiger Hilfsbereitschaft verschwen-

dete. Einer ihrer Schützlinge war der Kartograph De Blasiis (dessen *Atlas der Neuen Welt* mit einer Widmung an die Marquesa de Montemayor erschien, unter dem schallenden Gelächter der Höflinge in Lima, die da lasen, sie sei *die bewundertste Frau ihrer Stadt und eine im Westen aufgegangene Sonne),* ein anderer war der gelehrte Azuarius, dessen *Traktat von den Gesetzen der Hydraulik* von der Inquisition als zu aufwühlend unterdrückt wurde. Zehn Jahre lang unterhielt die Condesa buchstäblich alle Künste und Wissenschaften Spaniens; es war nicht ihre Schuld, daß während dieser Zeit nichts Denkwürdiges geschaffen wurde.

Ungefähr vier Jahre nach der Abreise Doña Claras erhielt Doña Maria die Erlaubnis ihrer Tochter, sie in Europa zu besuchen. Auf beiden Seiten wurde diesem Besuch mit Vorsätzen entgegengesehn, die reichlich von Selbstvorwürfen genährt waren: auf der einen, geduldig zu sein, auf der andern, Zurückhaltung zu üben. Beides mißlang. Eine jede quälte die andre und war nahe daran, vor abwechselnden Selbstanklagen und Leidenschaftsausbrüchen den Verstand zu verlieren. Eines Tages endlich, noch vor dem Morgengrauen, erhob sich die Marquesa, wagte nicht, mehr als bloß die Tür zu küssen, hinter der die Tochter schlief, bestieg ein Schiff und kehrte nach Amerika zurück. Von nun an mußte das Briefeschreiben die Stelle all der Liebe einnehmen, welche nicht gelebt werden konnte.

Diese Briefe der Marquesa, sie sind in einer wunderli-

chen Welt zum Lehrbuch für Schulknaben und zum Ameisenhügel für Grammatiker geworden. Doña Maria hätte ihre geniale Begabung erfunden, wenn sie nicht mit ihr geboren worden wäre, so notwendig war es für ihre Liebe, die Aufmerksamkeit und vielleicht die Bewunderung ihres fernen Kindes auf sich zu ziehn. Sie zwang sich dazu, in der Gesellschaft zu verkehren, um deren Lächerlichkeiten zu pflücken; sie lehrte ihre Augen Beobachtung; sie las die Meisterwerke des Spanischen, um dessen Wirkungsmöglichkeiten zu entdekken; sie drängte sich Leuten auf, die ob ihrer Konversationsgabe gefeiert waren. Nacht für Nacht schrieb sie in ihrem Barockpalais jene einzigartigen Briefseiten und änderte sie immer wieder, rang ihrem verzweifelnden Geist diese Wunder an Witz und Anmut ab, diese destillierten Chroniken des vizeköniglichen Hofs. Wir wissen heute, daß ihre Tochter die Briefe kaum ansah und daß es ihr Schwiegersohn war, dem wir ihre Erhaltung verdanken.
Die Marquesa wäre nicht wenig erstaunt gewesen, zu erfahren, ihre Briefe seien unsterblich. Und doch haben viele Kritiker sie beschuldigt, beim Schreiben das eine Auge auf die Nachwelt gerichtet zu haben, und sie verweisen auf mehrere der Briefe, die ganz den Anschein erwecken, Bravourstücke zu sein. Es schien ihnen unmöglich, daß Doña Maria sich ebensoviel Mühe genommen haben sollte, ihre Tochter zu bestricken, wie die meisten Künstler darauf verwenden, das Publi-

kum zu blenden. Gleich dem Schwiegersohn mißverstanden sie die Marquesa. Der Conde war von ihren Briefen entzückt, aber er vermeinte, sobald er sich an ihrem Stil ergötzt hatte, all ihren Reichtum und ihre Absicht ausgeschöpft zu haben, und ließ sich (nicht anders als die meisten Leser) just das entgehn, was der eigentliche Sinn der Literatur ist: die Notation des Herzens. Der Stil ist bloß das fast verachtenswerte Gefäß, worin der Welt der bittere Trank anempfohlen wird. Die Marquesa wäre sogar erstaunt gewesen, wenn man ihr gesagt hätte, ihre Briefe seien sehr gut; denn Autoren wie sie leben stets in der Höhenluft ihres eigenen Geistes, und Schöpfungen, die uns bewundernswürdig scheinen, dünken sie kaum etwas Besseres als Werktagsarbeit.

Dies also war die alte Frau, die stundenlang auf ihrem Balkon saß, den violetten Schatten ihres wunderlichen Strohhuts auf dem gefurchten, gelblichen Gesicht. Wie oft mag sie sich, wenn sie mit den juwelenbeladenen Händen die Blätter umwendete, beinahe belustigt gefragt haben, ob das beständige Weh in ihrem Herzen einen organischen Sitz habe; ob ein geschickter Anatom, der bis zu diesem erschütterten Thron hindurchschnitte, endlich ein Anzeichen entdecken und, den Blick zu den aufsteigenden Bankreihen erhebend, seinen Studenten zurufen würde: »Diese Frau hat gelitten, und was sie litt, hat seine Narbe im Gewebe ihres Herzens hinterlassen.« Der Gedanke war ihr oft gekommen, daß sie ihn eines Tags in einem Brief niederschrieb; und ihre Tochter schalt sie darob, daß sie sich zu sehr mit sich selbst beschäftige und einen Kult mit ihrem Kummer treibe.

Das Bewußtsein, daß sie niemals Gegenliebe finden werde, wirkte auf ihr Gemüt wie die Flut auf Felsklippen. Ihr religiöser Glaube wurde als erstes hinweggewaschen, denn alles, was sie sich von Gott erflehn oder vom Leben nach dem Tod erhoffen konnte, war nicht mehr als das Gnadengeschenk eines Jenseits, wo Töchter ihre Mütter liebten, – die anderen Seligkeiten des Himmels gab sie gern dahin. Als nächstes verlor sie den Glauben an die Aufrichtigkeit derer, die um sie waren: im stillen weigerte sie sich zu glauben, daß außer ihr selbst noch jemand irgendwen liebe; alle Familien lebten in einem zehrenden Dunstkreis von Brauch und Gewohnheit, und eins küßte das andre mit heimlicher Gleichgültigkeit. Sie sah, daß die Menschen dieser Welt in einem Panzer von Eigenliebe einhergingen, trunken von eitler Selbstbetrachtung, nach Schmeicheleien dürstend, fast taub für das, was zu ihnen gesprochen wurde, ungerührt von den Unglücksfällen, die ihre vertrautesten Freunde befielen, in steter Furcht vor allen Bitten um Hilfe, die ihre langen Zwiesprachen mit den eigenen Begierden unterbrechen könnten. Solcherart waren die Kinder Adams, von China bis Peru. Und wenn droben auf dem Balkon die Gedanken der Marquesa diese Wendung nahmen, verzog sich ihr Mund vor Scham, denn sie wußte, daß auch sie sündigte und daß die Liebe zu ihrer Tochter zwar groß genug war, alle Tönungen der Liebe zu umspannen, aber nicht ohne einen Schatten von Tyrannei: sie liebte ihre Tochter nicht um der Tochter, sondern um ihrer selbst willen. Sie sehnte sich danach, sich von dieser unwürdigen Hörigkeit zu befreien, aber die Leidenschaft war zu stark, als daß sie es mit ihr hätte aufnehmen können. Und dann erschütterte jedesmal ein seltsamer Widerstreit die häßliche alte Frau auf dem grünen Balkon, ein ganz besonders aussichtsloser Kampf gegen eine Versuchung, der zu erliegen sie nie Gelegenheit hätte. Wie konnte sie ihre Tochter beherrschen, wenn ihre Tochter dafür sorgte, daß mehr als viertausend Seemeilen zwischen ihnen lagen? Dennoch rang Doña Maria immer wieder mit dem Gespenst dieser Versuchung, und jedesmal unterlag sie. Sie wollte ihre Tochter für sich ganz allein haben; sie wollte sie sagen hören: »Du bist die denkbar beste aller Mütter.« Sie sehnte sich, sie flüstern zu hören: »Verzeih mir!«

Ungefähr zwei Jahre nach ihrer Rückkehr aus Spanien folgte eine Reihe unauffälliger Begebenheiten, die aber recht aufschlußreich für das Innenleben der Marquesa sind. Nur die leiseste Anspielung erscheint in dem Briefwechsel, aber da sie sich im Brief XXII findet, der auch noch andres Bemerkenswerte enthält, will ich, so gut ich kann, den ersten Teil dieses Briefs hier übersetzen und erläutern:

Gibt es keine Ärzte in Spanien? Wo bleiben diese tüchtigen Männer aus Flandern, die Dir sonst so gut zu helfen wußten? O mein Kleinod, wie sollen wir Dich gebührend dafür bestrafen, daß Du Deine Erkältung so viele Wochen vernachlässigt hast? Don Vicente, ich beschwöre Ihn, mein Kind zur Vernunft zu bringen! Engel des Himmels, ich beschwöre euch, bringt mein Kind zur Vernunft! Nun, da es Dir bereits besser geht, bitte ich Dich, den festen Vorsatz zu fassen, beim ersten Anzeichen einer Erkältung für eine kräftige Transpiration zu sorgen und zu Bette zu gehen. Hier in Peru bin ich machtlos; ich kann nichts für Dich tun. Sei nicht eigenwillig, mein Liebling! Gott segne Dich! Ich lege diesem Paket ein Baumharz bei, das die Schwestern von San Tomás von Tür zu Tür feilbieten. Ob es viel nützt, weiß ich nicht. Schaden kann es nicht. Man sagt mir, die einfältigen Klosterschwestern atmeten seine Schwaden so fleißig ein, daß bei der Messe der Weihrauch kaum zu riechen sei. Ich weiß nicht, ob es etwas taugt; versuche es!

Du magst ruhig sein, mein Liebling! Ich werde Seiner Allerkatholischesten Majestät die denkbar vollkommenste Goldkette senden. (Ihre Tochter hatte ihr geschrieben: »*Die Kette traf in gutem Zustand ein, und ich trug sie bei der Taufe des Infanten. Seine Allerkatholischeste Majestät war so gnädig, sie zu bewundern, und als ich S. A. M. sagte, sie sei ein Geschenk von Euch, sandte S. A. M. Euch seinen Glückwunsch zu Eurem guten Geschmack. Unterlasset nicht S. A. M. eine möglichst ähnliche Kette zu verehren; sendet sie sogleich durch den Kämmerer.) Er braucht nie zu erfah-*

ren, daß ich, um sie zu beschaffen, in ein Gemälde einsteigen mußte. Erinnerst Du Dich, daß in der Kirche des hl. Martin ein Porträt von Velázquez hängt, das den Vizekönig, welcher das Kloster gründete, darstellt, samt seinem Weib und seinem Balg? Und daß sein Weib eine Goldkette trägt? Ich entschied, daß nur diese Kette gut genug wäre. So schlüpfte ich denn einmal um Mitternacht in die Sakristei, kletterte wie ein zwölfjähriges Mädchen auf den Paramententisch, der unter dem Bilde steht, und stieg hinein. Die Leinwand widerstand für einen Augenblick, aber der Maler selbst trat herzu, um mich durch die Farbschicht zu heben. Ich sagte ihm, daß die schönste Frau Spaniens die feinste Goldkette, die zu finden wäre, dem allergnädigsten König der Welt zu schenken wünsche. Es war ganz einfach gewesen, und da standen wir denn, wir vier, und sprachen miteinander in dem silbergrauen Licht, das zu einem Velázquez gehört. Nun aber muß ich stets an ein mehr goldenes Licht denken; unausgesetzt blicke ich nach dem Palast: ich muß einen Abend in einem Tizian verbringen! Ob der Vizekönig es mir gestatten wird?

Doch seine Exzellenz hat wiederum die Gicht. Ich sage ›wiederum‹, denn die Schmeichelei des Hofes beharrt dabei, daß es Zeiten gebe, in denen er nicht an ihr leide. Weil heute der Tag des hl. Markus war, verließ S. E. den Palast, um sich in die Universität zu begeben, wo zweiundzwanzig neue Doctores zur Welt gebracht werden sollten. Er war kaum von seinem Ruhebett zu seiner Karosse getragen worden, als er aufschrie und sich weigerte, sich weiter zu begeben. Er wurde auf sein Bett zurückgetragen, wo er eine höchst deliziöse Zi-

garre zerbrach, und dann sandte er nach der Perichole. Und während wir langen, gelehrten, mehr oder weniger lateinischen Reden lauschten, hörte er alles Gerede über uns, mehr oder weniger spanisch, von den rötesten und grausamsten Lippen der Stadt. (Doña Maria erlaubte sich diese Sätze, obwohl sie soeben im Brief ihrer Tochter gelesen hatte: *»Wie oft muß ich Euch sagen, Ihr sollt vorsichtiger sein, was Ihr in Eueren Briefen schreibt! Sie weisen häufig Spuren auf, daß sie unterwegs geöffnet wurden. Nichts könnte unüberlegter sein als Euere Bemerkungen über Ihr wißt schon was in Cuzco. Solche Bemerkungen sind kein Scherz, wenn auch Vicente in seiner Nachschrift Euch ob ihrer Witzigkeit Komplimente machte, und sie können uns große Unannehmlichkeiten mit einigen Personen hier in Spanien eintragen. Ich muß mich immer wieder darob verwundern, daß Euere Indiskretionen nicht schon längst dazu geführt haben, daß man Euch befahl, Euch auf Euer Landgut zurückzuziehen.«)*
Bei den Dissertationen gab es ein großes Gedränge, und zwei Frauen fielen von der Galerie herunter, aber Gott in Seiner Güte sorgte dafür, daß sie auf Doña Merced fielen. Alle drei sind arg verletzt, werden aber an andere Dinge denken, ehe das Jahr um ist. Der Rektor sprach gerade im Augenblick, als das Unglück geschah, und weil er kurzsichtig ist, konnte er sich nicht vorstellen, was der Tumult von Geschrei und Gerede und herabstürzenden Leibern zu bedeuten habe. Es war ergötzlich anzusehen, wie er sich unter dem Eindruck, daß man ihm applaudiere, verneigte.
Da ich schon einmal bei der Perichole und beim Applaus bin,

sollst Du auch erfahren, daß Pepita und ich beschlossen hatten, heute abend in die Comedia zu gehen. Das Publikum vergöttert seine Perichole noch immer: es verzeiht ihr sogar ihre Jahre. Man erzählt uns, sie rette jeden Morgen, was sie zu retten vermag, indem sie abwechselnd Griffel von Eis und Feuer über ihre Wangen führt. (Die Übersetzung kann besonders diesem Wortspiel nicht gerecht werden, das den ganzen Überschwang des Spanischen in sich birgt. Es war als Schmeichelei für die Condesa gemeint und unwahr. Die große Schauspielerin war zu jener Zeit achtundzwanzig; ihre Wangen hatten die Glätte und den matten Glanz dunkelgelben Marmors und mochten sicherlich diese Eigenschaften noch viele Jahre behalten. Abgesehn von den Schönheitsmitteln, die durch ihre Rollen erfordert wurden, war die einzige Pflege, die Camila Perichole ihrem Gesicht angedeihen ließ, es zweimal im Tag mit kaltem Wasser zu überschütten, wie ein Bauernweib an einer Pferdetränke.) *Dieser seltsame Mensch, den die Leute Onkel Pio nennen, ist allezeit um sie. Don Rubio sagt, er könne nicht klug werden, ob Onkel Pio ihr Vater, ihr Liebhaber oder ihr Sohn sei. Die Perichole spielte wundervoll. Schilt mich, soviel Du magst, eine einfältige Alte aus der Provinz – Ihr habt keine solchen Schauspielerinnen in Spanien.* Und so fort.

Dieser Theaterbesuch ist es, woran sich weitere Begebenheiten knüpfen. Die Marquesa hatte beschlossen, in die Comedia zu gehn, wo die Perichole die Doña Leonor in Moretos *Trampa Adelante* spielte; vielleicht, so hatte sie gedacht, ließe sich aus diesem Theaterbesuch ein wenig Stoff für den nächsten Brief an die Tochter gewinnen. Sie nahm Pepita mit, ein junges Mädchen, über das wir später noch viel erfahren werden; Doña Maria hatte sie sich aus dem Waisenhaus des Klosters Santa Maria Rosa de las Rosas als Gesellschafterin entliehn. Die Marquesa saß also in ihrer Loge und sah mit ermattender Aufmerksamkeit auf die hellerleuchtete Bühne. Es war die Gewohnheit der Perichole, in den Zwischenakten aus der höfischen Rolle zu schlüpfen und vor dem Vorhang zu erscheinen, um ein paar aktuelle Lieder zu singen. Die maliziöse Schauspielerin hatte die Marquesa die Loge betreten sehn und begann nun Strophen zu improvisieren, die auf ihr Äußeres anspielten, ihren Geiz, ihre Trunksucht und sogar auf die Flucht der Tochter vor ihr. Die Aufmerksamkeit des Hauses wurde arglistig auf die alte Frau gelenkt, und ein anschwellendes Gemurmel der Mißachtung begleitete alsbald das Gelächter der Zuhörerschaft. Die Marquesa aber, tief ergriffen von den ersten zwei Akten der Komödie, sah die Sängerin kaum und saß vor sich hin starrend da und dachte an Spanien. Camila Perichole wurde kühner, und die Luft war förmlich geladen mit dem Haß und der hämischen Freude der Menge. Endlich zupfte Pepita die Marquesa am Ärmel und flüsterte ihr zu, sie sollten lieber gehn. Als sie die Loge verließen, erhob sich das Haus und brach in ein Triumphgebrüll aus, und die Perichole stürzte sich in einen rasenden

Tanz, denn sie erblickte im Hintergrund des Parketts den Direktor und wußte, daß ihre Gage erhöht worden sei. Die Marquesa aber war sich auch weiterhin nicht bewußt, was sich zugetragen, denn während der Vorstellung hatte sie ein paar glückliche Wendungen gefunden. Wendungen, die – wer weiß? – vielleicht ein Lächeln auf das Gesicht ihrer Tochter bringen und sie murmeln machen würden: »Wahrhaftig, meine Mutter ist bezaubernd!«

Es währte nicht lange, bis dem Vizekönig zu Ohren kam, daß eine seiner Aristokratinnen vor aller Welt im Theater verhöhnt worden war. Er ließ die Perichole in den Palast kommen und befahl ihr, die Marquesa aufzusuchen und sie um Entschuldigung zu bitten. Der Besuch sollte barfuß und in einem schwarzen Kleid gemacht werden. Camila sträubte sich und kämpfte dagegen, aber alles, was sie dabei gewann, war bloß ein Paar Schuhe.

Der Vizekönig hatte drei Gründe für seine Unerbittlichkeit. Erstens hatte die Sängerin sich Freiheiten mit seinem Hof genommen. Don Andrés hatte es zuwege gebracht, das Exil erträglich zu machen, indem er ein Zeremoniell aufrichtete, so kompliziert, daß nur eine Gesellschaft, die an nichts sonst zu denken hatte, es sich merken konnte. Er hegte und pflegte seine kleine Aristokratie und ihre geringsten Rangunterschiede, und jeder der Marquesa angetane Schimpf war eine Beleidigung seiner Person. Zweitens war Doña Marias

Schwiegersohn in Spanien eine immer einflußreicher werdende Persönlichkeit und hatte übergenug Möglichkeiten, dem Vizekönig zu schaden, ja sogar ihn von seinem Platz zu verdrängen. Der Conde Vicente d'Abuirre durfte nicht gekränkt werden, nicht einmal in der Person seiner halb verrückten Schwiegermutter. Und drittens war der Vizekönig entzückt, die Schauspielerin demütigen zu können. Er hegte längst den Verdacht, daß sie ihn mit einem Matador, vielleicht gar mit einem Komödianten betrüge; inmitten der Schmeicheleien des Hofs einerseits und der durch die Gicht erzwungenen Untätigkeit anderseits vermochte er nicht herauszufinden, mit wem. Auf jeden Fall war es klar, daß die Schauspielerin zu vergessen begann, er sei einer der ersten Männer der Welt.
Die Marquesa war, ganz abgesehn davon, daß sie die unverschämten Lieder nicht gehört hatte, auch in andrer Hinsicht auf den Besuch der Schauspielerin nicht vorbereitet. Man muß wissen, daß Doña Maria nach der Abreise ihrer Tochter auf eine gewisse Tröstung geraten war: sie hatte sich das Trinken angewöhnt. Jedermann in Peru trank *chicha,* und es war keine besondere Schande, an einem Festtag bewußtlos angetroffen zu werden. Doña Maria hatte zu entdecken begonnen, daß ihre fieberischen Selbstgespräche danach angetan waren, sie die ganze Nacht wach zu halten. Einmal hatte sie vor dem Schlafengehn ein köstliches Kelchglas *chicha* getrunken: Vergessenheit war so süß gewesen,

daß sie alsbald größere Mengen beiseite schaffte und ihre Wirkung vor Pepita zu verbergen suchte; sie deutete an, sie wäre nicht wohl, und tat, als verfielen ihre Kräfte. Zuletzt verzichtete sie auf alle Verstellung. Die Schiffe, welche ihre Briefe nach Spanien brachten, segelten nicht öfter als einmal im Monat. Während der Woche, die dem Zurechtmachen des Pakets voranging, legte sie sich strenge Mäßigung auf und besuchte fleißig die Stadt, um Stoff zu sammeln. Endlich, am Vorabend des Posttags, schrieb sie den Brief, verschnürte das Bündel gegen Tagesanbruch und legte es für Pepita bereit, damit diese es dem Kurier übergebe. Dann, sobald die Sonne aufging, schloß sie sich mit einigen Karaffen in ihrem Zimmer ein und glitt durch die nächsten Wochen ohne die Last des Bewußtseins dahin. Endlich tauchte sie aus ihrem Zustand von Seligkeit wieder empor und begann eine Zeit der ›Einübung‹ als Vorbereitung für die Niederschrift des nächsten Briefs.
In der dem Skandal folgenden Nacht schrieb sie also den Brief XXII und begab sich mit einer Karaffe zu Bett. Den ganzen nächsten Tag bewegte sich Pepita nur mit ängstlich besorgten Seitenblicken nach der Gestalt auf dem Bett im Zimmer umher. Am folgenden Nachmittag brachte sie ihre Näharbeit herein. Die Marquesa lag mit weit offenen Augen da, starrte zur Zimmerdecke empor und sprach mit sich selbst. Gegen Abend wurde Pepita hinausgerufen und erhielt die Meldung, daß die Perichole gekommen sei, um die

Herrin zu sprechen. Pepita erinnerte sich des Abends im Theater sehr wohl und sandte ärgerlich den Bescheid zurück, die Marquesa weigere sich, die Schauspielerin zu empfangen. Der Bediente ging mit der Antwort zur Haustür, kam aber eingeschüchtert zurück und berichtete, Señora Perichole sei mit einem Handschreiben des Vizekönigs ausgerüstet, worin sie der Herrin empfohlen werde. Pepita schlich auf den Zehenspitzen ans Bett und begann zu der Marquesa zu sprechen. Die glasigen Augen wanderten zu der Gestalt des Mädchens. Pepita rüttelte die alte Frau sanft an der Schulter. Mit großer Anstrengung versuchte Doña Maria ihre Gedanken darauf zu richten, was zu ihr gesprochen wurde. Zweimal ließ sie sich wieder zurücksinken und weigerte sich, den Sinn der Worte zu erfassen, aber endlich, wie ein General in einer Regennacht die zersprengten Teile seiner Armee um sich schart, sammelte sie ihr Gedächtnis, ihre Aufmerksamkeit und noch ein paar Fähigkeiten, und die Hand auf die schmerzende Stirn pressend, verlangte sie eine Schüssel voll Schnee. Als man sie ihr brachte, drückte sie lange und schlaftrunken viele Handvoll an ihre Schläfen und Wangen. Dann richtete sie sich auf und stand eine ganze Weile an ihr Bett gelehnt und blickte auf ihre Schuhe. Endlich hob sie entschlossen den Kopf und verlangte ihren pelzbesetzten Mantel und einen Schleier. Sie legte beides an und taumelte in ihr prächtigstes Empfangszimmer, wo die Schauspielerin stehend ihrer harrte.

Camila hatte beabsichtigt, sehr geschäftsmäßig und womöglich unverschämt aufzutreten, nun aber war sie zum erstenmal von der Würde der alten Frau betroffen. Die Kaufmannstochter konnte sich bisweilen mit der ganzen Hoheit der Montemayors geben, und wenn sie betrunken war, hatte sie etwas von der erhabenen Größe einer Hekuba. Für Camila sprach aus den halb geschlossenen Augen eine müde Autorität, und sie begann beinahe schüchtern:

»Ich bin gekommen, Señora, um mich zu vergewissern, daß Ihr nicht etwa irgend etwas mißverstanden habt, was ich an jenem Abend sagte, als Ihre Gnaden mir die Ehre erwiesen, das Theater zu besuchen.«

»Mißverstanden? Mißverstanden?« wiederholte die Marquesa.

»Ihre Gnaden haben vielleicht meine Worte mißverstanden und geglaubt, sie wären respektlos gegen Ihre Gnaden gemeint.«

»Gegen mich?«

»Ihre Gnaden fühlen sich also nicht beleidigt durch Ihre untertänigste Dienerin? Ihre Gnaden verstehn, daß eine arme Schauspielerin in meiner Lage sich hinreißen lassen kann ... daß es sehr schwer ist ... weil alles ...«

»Wie könnte ich beleidigt sein, Señora? Ich kann mich bloß erinnern, daß Sie wundervoll gespielt hat. Sie ist eine große Künstlerin. Sie sollte glücklich sein, sehr glücklich. Mein Taschentuch, Pepita . . .«

Die Marquesa stieß diese Sätze sehr schnell und undeutlich hervor, aber die Perichole war völlig verwirrt. Ein durchdringendes Gefühl der Scham erfüllte sie. Sie wurde dunkelrot. Endlich war sie imstande zu murmeln:

»Es waren die Lieder in den Zwischenakten ... Ich fürchtete, Ihre Gnaden ...«

»Ja, ja, jetzt erinnere ich mich. Ich blieb nicht bis zum Ende. Nicht wahr, Pepita, wir sind vorzeitig nach Hause gegangen? Doch Sie wird so gütig sein, Señora, und mir verzeihen, daß ich so zeitig ging, ja sogar mitten in Ihrem unübertrefflichen Spiel. Ich vergaß, warum wir so zeitig weggingen, Pepita, ... oh, eine kleine Unpäßlichkeit ...«

Es war unmöglich, daß irgend jemand im Theater die Absicht in den Liedern entgangen sein sollte. Camila konnte nur annehmen, die Marquesa spiele aus einer Art phantastischer Großmut diese Komödie, nichts gemerkt zu haben. Sie war dem Weinen nahe. »Aber Ihr seid so gütig, meine Kinderei zu übersehn, Señora ... ich wollte sagen, Ihre Gnaden sind so gütig ... Ich habe ja nicht ... ich wußte nicht, wie gut Ihr seid, Señora. Erlaubt, daß ich Euch die Hand küsse.«

Doña Maria streckte verwundert ihre Hand aus. Seit langem hatte man zu ihr nicht mit solchem Zartgefühl gesprochen. Ihre Nachbarn, ihre Lieferanten, ihre Dienerschaft – denn selbst Pepita lebte in beständiger Furcht vor ihr –, ja ihre eigene Tochter war ihr nie so begegnet. Das rief eine neue Stimmung in ihr hervor, eine Stimmung, die man wohl nicht anders denn als rührselig bezeichnen kann. Sie wurde geschwätzig. »Beleidigt? Beleidigt durch Sie, mein schönes, mein begabtes Kind? Wer bin ich, ich, ein ... ein unverständiges, ungeliebtes altes Weib, daß ich mich hätte beleidigt fühlen dürfen durch Sie? Ich hatte das Gefühl, mein Kind, als würde ich – wie sagt das der Dichter? – *durch eine Wolke hindurch das Gespräch der Engel belauschen.* Ihre Stimme hat immer wieder neue Wunder in unserem Moreto entdeckt. Als Sie sagte:

›Don Juan, si mi amor estimas,
Y la fe segura es necia,
Enojarte mis temores
Es no querarme discreta.
¿ Tan seguros ...‹

und so weiter – da war das Wahrheit! Und welch eine Bewegung Sie gemacht hat am Schluß des Ersten Tags ... mit ihrer Hand ... so! Solch eine Gebärde, wie die Jungfrau sie machte, als sie zu Gabriel sagte: *Wie kann das sein, daß ich ein Kind haben werde?* Aber nein! Sie wird mir das übelnehmen! Ich will Ihr von einer andern Gebärde erzählen, und Sie wird sich ihrer eines Tags erinnern und sie anwenden. Ja, sie würde sich gut in die Szene einfügen, in der Sie Ihrem Don Juan de Lara verzeiht. Ich sollte Ihr vielleicht sagen, daß ich sie einmal von meiner Tochter ausgeführt sah. Meine Tochter ist eine sehr schöne Frau ... so sagen alle. Hat Sie meine Doña Clara gekannt, Señora?«

»Ihre Gnaden hat mir oft die Ehre erwiesen, ins Theater zu kommen, wenn ich spielte. Die Condesa war mir gut bekannt vom Sehen.«
»Bleib Sie nicht so knien, mein Kind! – Pepita, sage Jenarito, er soll der Dame sogleich ein wenig Konfekt bringen. Denke Sie nur, eines Tags hatten wir Streit, ich weiß nicht mehr weswegen. Oh, das ist nichts Sonderbares . . . Wir Mütter sind alle bisweilen . . . Höre Sie, kann Sie ein wenig näher kommen? So! Sie darf nicht den Leuten in der Stadt glauben, die sagen, sie war nicht gut zu mir. Sie, meine Liebe, Sie ist eine große Frau von schönem Wesen, und Sie kann tiefer blicken als die Leute. Es ist ein Vergnügen, mit Ihr zu sprechen. – Was für schönes Haar Sie hat! Solch schönes Haar! – Sie war nie eine herzliche, impulsive Natur, meine Tochter, das weiß ich. Aber, mein Kind, sie besaß so viel Verstand und Güte! Alle Mißverständnisse zwischen uns waren so klärlich meine Schuld. Ist es nicht wunderbar, daß sie so schnell bereit war, mir zu verzeihen? An jenem Tag ereignete sich solch ein kleiner Vorfall. Beide sprachen wir unüberlegte Worte und gingen eine jede in ihr Zimmer. Dann kehrte eine jede um, weil sie Verzeihung erlangen wollte. Endlich trennte uns nur noch eine einzige Tür, und jede wollte die erste sein, sie zu öffnen. Aber zuletzt nahm sie mein Gesicht . . . so nahm sie es in ihre beiden weißen Hände, so, sieht Sie wohl?«
Die Marquesa fiel beinahe von ihrem Sessel, als sie sich

vorneigte – das Gesicht überströmt von Tränen des Glücks – und die beseligende Gebärde vollführte. Ich sollte sagen, die mythische Gebärde, denn jene Szene war nur ein stets wiederkehrender Traum.

»Ich bin froh, daß Sie herkam«, fuhr sie fort, »denn nun hat Sie es aus meinem eigenen Mund gehört, daß meine Tochter nicht schlecht zu mir ist, wie manche Leute sagen. Hört Sie, Señora? Die Schuld lag an mir. Seh Sie mich an, seh Sie mich nur an! Es muß ein Irrtum gewesen sein, daß ich die Mutter eines so schönen Mädchens wurde. Ich bin lächerlich, und bin schwer zu behandeln. Sie, Señora, Sie ist eine große Frau, und das ist auch meine Clara, aber ich bin bloß ein reizbares, närrisches . . . ein dummes altes Weib. Laß Sie mich Ihre Füße küssen! Ich bin unmöglich, ich bin unmöglich . . . unmöglich . . .«

Hier fiel die alte Frau tatsächlich vom Sessel und wurde von Pepita aufgehoben und zu ihrem Bett zurückgeführt. Die Perichole ging verstört nach Haus und saß lange Zeit vor ihrem Spiegel und starrte sich in die Augen, die Hände an die Wangen gepreßt.

Wer aber die meisten der schwierigen Stunden Doña Marias miterlebte, das war ihre kleine Gesellschafterin Pepita. Pepita war eine Waise und war von diesem seltsamen guten Geist Limas aufgezogen worden, von der Äbtissin Madre Maria del Pilar. Die einzige Gelegenheit, bei der die beiden großen Frauen Perus (als das sollte sie nachmals die Perspektive der Geschichte enthüllen) einander von Angesicht zu Angesicht begegneten, ergab sich an dem Tag, an welchem Doña Maria die Vorsteherin des Klosters Santa Maria Rosa de las Rosas aufsuchte und fragte, ob sie sich ein aufgewecktes Mädchen aus dem Waisenhaus zur Gesellschafterin holen dürfe. Die Äbtissin blickte die groteske alte Frau eindringlich an: aber auch die weisesten Menschen der Welt sind nicht vollkommen weise, und Madre Maria del Pilar, die imstande war, hinter allen Masken der Torheit und des Trotzes das arme Menschenherz zu erkennen, hatte sich nie dazu verstehen können, der Marquesa eines zuzubilligen. Nun stellte sie ihr eine Menge Fragen und verstummte dann in langem Nachdenken. Sie wünschte, Pepita würde diese weltliche Erfahrung, im Haus der Marquesa zu leben, zuteil. Sie wollte überdies die alte Frau ihren Zielen geneigt machen. Und dabei hegte sie ein dunkles Gefühl von Entrüstung, denn sie wußte, sie erblickte vor sich eine der reichsten Frauen von Peru und zugleich die verblendetste.

Die Äbtissin gehörte zu denjenigen Menschen, die sich in der Liebe zu einer Idee verzehren, Jahrhunderte vor deren vorbestimmtem Auftauchen in der Geschichte der Zivilisation. Sie warf sich dem Starrsinn ihrer Zeit entgegen, um das Dasein der Frauen etwas weniger entwürdigend zu gestalten. Gegen Mitternacht, wenn sie die Ausgaben für die Klosterwirtschaft verrechnet hatte, verfiel sie oft genug in tolle Wachträume von einem Zeitalter, in dem es möglich sein würde, Frauen zu organisieren, um Frauen zu beschützen: Frauen auf Reisen, dienende Frauen, Frauen, die alt oder krank geworden; Frauen, wie sie sie in den Bergwerken von Potosi entdeckt hatte und in den Werkstätten der Tuchhändler; Mädchen, wie sie sie in Regennächten unter dunklen Haustoren aufgelesen. Am nächsten Morgen aber sah sie sich immer wieder der Tatsache gegenüber, daß die Frauen Perus, ja sogar ihre eigenen Nonnen nur mit zwei Gedanken durchs Leben gingen: dem einen, daß alles Mißgeschick, das ihnen widerfuhr, bloß daher komme, daß sie nicht genug Reize besaßen, um einen Mann zu ihrem Unterhalt zu verpflichten, und dem andern, daß seine Liebkosungen alles Elend der Welt aufwiegen würden. Sie kannte kein andres Land als die Umgebung der Stadt Lima, und sie nahm an, daß deren Verderbtheit der gewöhnliche Zustand der Menschheit sei. Zurückblickend aus unserem Jahrhundert, können wir die ganze Torheit ihrer Hoffnungen erkennen. Zwanzig solcher Frauen wäre es nicht gelungen, den geringsten Eindruck auf jenes Zeitalter zu machen. Sie harrte dennoch bei ihrer Aufgabe aus. Sie glich der Schwalbe der Fabel, die alle tausend Jahre einmal ein Weizenkorn herbeiträgt, in der Hoffnung, einen Berg aufzuschütten, um von ihm aus den Mond zu erreichen. Solche Menschen erstehn in jedem Zeitalter; sie beharren starrköpfig darauf, ihr Weizenkorn herbeizutragen, und sie gewinnen eine gewisse Erhebung aus dem Gespött der Zuschauer. »Wie wunderlich sie sich kleiden«, rufen wir aus. »Wie wunderlich sie sich kleiden!«

Ihr schlichtes, gerötetes Gesicht verriet große Güte, größeren Idealismus und noch größere Begabung, Menschen nach ihrem Willen zu lenken. All ihr Werk – ihre Spitäler, ihr Waisenhaus, ihr Kloster, ihre plötzlich unternommenen Rettungsexpeditionen – war vom Geld abhängig. Niemand hegte aufrichtigere Bewunderung für bloße Güte als sie, aber sie hatte sich ihre Güte und beinahe auch ihren Idealismus ihrer Begabung opfern sehn müssen – so verzweifelt waren ihre Kämpfe, die nötige Unterstützung von ihren geistlichen Vorgesetzten zu erlangen. Der Erzbischof von Lima, dem wir später in einem gefälligeren Zusammenhang begegnen werden, haßte sie mit einem, wie er ihn nannte, vatinianischen Haß und rechnete das Aufhören ihrer Besuche zu den Entschädigungen fürs Sterbenmüssen.

In letzter Zeit nun hatte sie nicht nur den Anhauch des Alters auf ihren Wangen verspürt, sondern auch eine ernstere Mahnung gefühlt. Ein eisiger Schauder überlief sie; nicht ihrer selbst, aber ihres Werks wegen. Wer war denn da in ganz Peru, der die Dinge schätzte, welche ihr am Herzen lagen? Und beim Morgengrauen unternahm sie einmal einen hastigen Rundgang durch ihr Kloster, ihr Waisenhaus und ihr Spital und hielt Ausschau nach einer Seele, die sie zu ihrer Nachfolgerin heranbilden könnte. Sie eilte von einem leeren Gesicht zum andern, hier und da mehr aus Hoffnung denn aus Überzeugung innehaltend. Im Hof traf sie eine Gruppe junger Mädchen an, die mit der Wäsche beschäftigt waren, und ihr Blick fiel sogleich auf eine Zwölfjährige, die die andern am Waschtrog anwies und ihnen dabei mit nicht geringem dramatischem Feuer von den weniger glaubhaften Wundern im Leben der hl. Rosa von Lima erzählte. So kam es, daß der Äbtissin Suche mit Pepita endete. Die Erziehung zur Größe ist allerwege schwer genug, aber inmitten der Empfindlichkeiten und Eifersüchteleinen eines Klosters muß sie mit gradezu phantastischer Umwegigkeit unternommen werden. Pepita erhielt die unbeliebtesten Arbeiten im Haus zugewiesen, doch erwarb sie sich bei ihnen ein Verständnis für alle Zweige seiner Verwaltung. Sie begleitete die Äbtissin auf Reisen, wenn auch bloß in ihrem Amt einer Hüterin der Eier und des Gemüses. Und immer und überall ergaben sich Stunden, wo ganz überraschend die Äbtissin erschien und mit ihr des langen nicht nur über religiöses Erleben sprach, sondern auch darüber, wie man Frauen leiten, Infektionsabteilungen in einem Krankenhaus anlegen und um Gelder betteln müsse. Es war nur ein weiterer Schritt in dieser Erziehung, daß Pepita eines Tags in dem Palais anlangte und die tollen Pflichten einer Gesellschafterin Doña Marias übernahm. Während der ersten zwei Jahre kam sie bloß für gelegentliche Nachmittage, zuletzt aber zog sie ganz in das Palais. Sich ein Glücklichsein zu erhoffen, war sie nie gelehrt worden, und so erschienen ihr die Unannehmlichkeiten, um nicht zu sagen Schrecknisse ihrer neuen Stellung nicht übermäßig für ein Mädchen von vierzehn Jahren. Sie ahnte nicht, daß auch in diesem Haus die Äbtissin über ihr wachte und ihre Mühsal abschätzte, um den Augenblick wahrzunehmen, wo eine Bürde nicht mehr kräftigt, sondern schädigt.

Einige der Prüfungen Pepitas waren körperlicher Art. So zum Beispiel machten sich die Dienstboten des Hauses Doña Marias Unpäßlichkeiten zunutze; sie öffneten ihrer eigenen Sippschaft die Zimmer des Palais; sie stahlen ganz unbekümmert. Pepita trat ihnen, nur auf sich selbst angewiesen, entgegen und litt unter allerlei Verfolgungen und üblen Streichen. Ebenso hatte ihre Seele manchen Kummer zu erleiden. Wenn sie Doña Maria auf deren Gängen durch die Stadt begleitete, wurde die alte Frau plötzlich von einem Verlangen ergriffen, in eine Kirche zu eilen, denn was sie an Religion als Glaube verloren hatte, ersetzte sie durch Religion als Magie. »Warte hier in der Sonne, mein liebes Kind; ich werde nicht lange bleiben«, sagte sie bei solchen Gelgenheiten. Dann verlor sie sich vor dem Altar in Träumereien und verließ die Kirche endlich durch ein andres Tor. Pepita war von Madre Maria del Pilar zu einer beinahe krankhaften Folgsamkeit erzogen worden, und wenn sie sich dann nach vielen Stunden in die Kirche wagte und überzeugte, daß ihre Herrin nicht mehr da war, kehrte sie wieder an die Straßenecke zurück und wartete weiter, während sich schon die Schatten allmählich über den Kirchplatz legten. Mußte sie so in der Öffentlichkeit warten, dann erduldete sie die ganze Qual der peinlichen Befangenheit eines kleinen Mädchens. Sie trug noch immer die Tracht der Waisenkinder (was ein klein wenig Bedachtnahme Doña Marias hätte ändern können) und litt an schreckhaften Einbildungen, in denen Männer sie anzustarren und ihr zuzuflüstern schienen, – und dies waren nicht immer bloße Einbildungen. Ihre Gefühle hatten nicht minder zu leiden, denn an manchen Tagen wurde Doña Maria sich mit einmal des Vorhandenseins ihrer Gesellschafterin bewußt und sprach zu ihr herzlich und gut gelaunt und ließ für ein paar Stunden die ganze erlesene Feinfühligkeit ihrer Briefe zum Vorschein kommen; doch am nächsten Morgen zog sie sich wieder in sich selbst zurück und wurde zwar niemals unfreundlich, aber unpersönlich und achtlos. Die zarten Keime von Hoffnung und Zuneigung, die zu verschwenden es Pepita drängte, wurden so verletzt. Sie schlich auf den Zehen im Palais umher, stumm und verwirrt, und klammerte sich einzig an ihr Pflichtgefühl und ihre Ergebenheit für ihre ›Mutter im Herrn‹, Madre Maria del Pilar, von der sie hergeschickt worden war.

Schließlich trat ein Ereignis ein, das einen bedeutenden Einfluß auf das Leben der Marquesa und ihrer Gesellschafterin gewinnen sollte. *Meine teure Mutter,* schrieb die Condesa, *seit einiger Zeit ist das Wetter hier unerträglich, und der Umstand, daß Bäume und Gärten in Blüte stehen, macht es nur noch schlimmer. Ich könnte Blumen ertragen, wenn sie bloß keinen Duft hätten. Ich muß daher Euere Erlaubnis erbitten, mich kürzer zu fassen als gewöhnlich. Wenn Vicente zurückkommt, bevor die Post abgeht, wird es ihm ein Vergnügen sein, das Blatt vollzuschreiben und Euch mit allen Einzelheiten über meine Person zu dienen, an denen Ihr soviel Freude zu haben scheint. Ich werde diesen Herbst nicht, wie ich beabsichtigte, nach Grignan in der Provence gehen, da mein Kind zu Anfang des Monates Oktober zur Welt kommen wird.*

Mein Kind? Wessen Kind? Die Marquesa mußte sich an die Wand lehnen. Doña Clara hatte vorausgesehn, welch erschöpfende Bitten und Beschwörungen diese Neuigkeit bei ihrer Mutter auslösen werde, und hatte getrachtet, sie durch die Beiläufigkeit der Ankündigung abzuschwächen. Die List gelang nicht. Der berühmte Brief XLII war die Antwort.

Nun endlich hatte die Marquesa etwas, um das sie sich sorgen konnte: ihre Tochter würde Mutter werden. Dieses Ereignis, das Doña Clara bloß lästig war, brachte bei der Marquesa eine ganze Tonleiter neuer Gemütsbewegungen zum Erklingen. Es machte aus ihr eine Fundgrube ärztlichen Rats und Wissens. Sie streifte die Stadt nach weisen alten Frauen ab und goß in ihre Briefe das ganze Volkswissen der Neuen Welt. Sie verfiel in die abscheulichsten Arten von Aberglauben. Sie befolgte ein entwürdigendes System von Tabus zum Schutze ihres Kindes. Im ganzen Haus duldete sie keinen Knoten – die Dienerinnen durften das Haar nicht in einen Knoten eindrehn –, und an ihrem Leib barg sie die lächerlichsten Amulette für eine glückliche Entbindung. Auf den Treppen wurden die geradzahligen Stufen mit roter Kreide bezeichnet, und als eine Dienerin das Unglück hatte, auf eine solche Stufe zu treten, wurde sie unter Geschrei und Tränen aus dem Haus gejagt. Donã Clara war in den Klauen der böswilligen Natur, die sich das Recht vorbehalten hatte, mit ihren Kindern die grausamsten Scherze zu treiben. Immerhin gab es ein Zermoniell, sie günstig zu stimmen, in welchem ganze Generationen von Bauernweibern Beruhigung gefunden hatten. Eine so ungeheure Schar von Zeuginnen mußte selbst schon ein Beweis sein, daß etwas Wahres daran war. Zum wenigsten konnte es nicht schaden, und vielleicht nützte es. Aber die Marquesa tat nicht nur den Riten des Heidentums Genüge; sie vertiefte sich auch in die Rezepte des Christentums. Noch bei Dunkelheit stand sie auf und stolperte zu den frühesten Frühmessen. Hysterisch umklammerte sie das Gitter des Altars und versuchte, den bunten Statuen ein Zeichen abzuringen – nur ein Zeichen, bloß die Andeutung eines Lächelns, ein flüchtiges Nicken des wächsernen Kopfes. Werde alles gut ausgehn? Süße, gebenedeite Gottesmutter, werde alles gut ausgehn?

Zuweilen, nach einem Tag, an dem sie ihre Zuflucht zu solch wahnsinnigen Anrufungen genommen, ergriff sie ein jäher Umschwung: Die Natur ist taub; Gott ist gleichgültig gegen unsre Ängste; nichts in der Menschen Macht vermag den Lauf der ewigen Gesetze zu ändern. Sie blieb dann wohl an einer Straßenecke stehn, schwindlig vor Verzweiflung sich an die Mauer lehnend, und sehnte sich danach, aus einer Welt hinweggenommen zu werden, in der kein Sinn zu walten schien. Alsbald strömte jedoch wieder ein Glaube an das große Vielleicht aus den Tiefen ihres Wesens auf, und sie begann beinahe zu laufen, um zu Hause schnell die Kerzen über dem Bett ihrer Tochter zu erneuern.

Endlich nahte die Zeit, den höchsten Ritus peruanischer Familien zu vollziehn, welche einem solchen Ereignis entgegensehn. Die Marquesa unternahm die Wallfahrt zum Schrein der hl. Maria von Cluxambuqua. Wenn der Frömmigkeit überhaupt etwas Wirksames innewohnte, lag es sicherlich in einem Besuch dieses berühmten Heiligtums. Während dreier Religionen war dort geweihter Boden gewesen: schon vor dem Inkareich hatten verstörte Menschen diese Steine umklammert und sich gegeißelt, um dem Himmel ihren eigenen Willen abzuringen. Dorthin nun ließ sich die Marquesa in ihrer Sänfte tragen, über die Brücke von San Luis Rey und hinauf zu der Stadt der weitgegürteten Frauen, einer stillen Stadt schwerfälligen Schreitens und versonnenen Lächelns, einer Stadt kristallklarer Luft, kühl wie die Quellen, die ihre vielen Brunnen speisten, einer Stadt der Glocken, deren weiche, melodische Klänge so glücklich abgestimmt waren, daß sie miteinander den heitersten Wettstreit vollführten. Wenn etwas mit einer Enttäuschung endete droben in der Stadt Cluxambuqua, wurde der Kummer gleichsam aufgesogen von der überwältigenden Gegenwart der Anden und von der Atmosphäre erwartungsstiller Freude, die sich um die Häuser breitete. Kaum erblickte die Marquesa von weitem die weißen Mauern der Stadt, die da auf den Knien der höchsten Berge kauerte, als ihre geschäftigen Finger abließen, den Rosenkranz zu betasten, und die eifrigen Gebete auf ihren Lippen verstummten.

Sie stieg nicht einmal aus bei dem Gasthof, sondern befahl Pepita, zurückzubleiben und für Quartier zu sorgen, und ließ sich weitertragen, zur Kirche, in der sie lange Zeit auf den Knien verharrte und leise die Hände zusammenschlug. Sie horchte auf die so neue Flut von Ergebung, die sich in ihr hob. Vielleicht würde sie mit der Zeit lernen, ihrer Tochter und ihren Göttern zu verstatten, die eigenen Angelegenheiten selber in Ordnung zu bringen. Sie wurde nicht gestört durch das Gemurmel der alten, in dick gefütterte Joppen gekleideten Weiber, die Kerzen und Gedenkmünzen feilhielten und von morgens bis abends von Geld schwatzten. Sie wurde nicht einmal durch einen aufdringlichen Kirchendiener abgelenkt, der eine Gebühr für irgend etwas einzufordern versuchte und sie dann unter dem Vorwand, eine Fliese im Fußboden ausbessern zu müssen, zweimal zwang, ihren Platz zu wechseln. Endlich trat sie hinaus in den Sonnenschein und setzte sich auf die Stufen des Brunnens. Sie sah der kleinen Prozession von Krüppeln zu, die sich langsam um den Garten bewegte. Sie sah drei Falken zu, die sich in der Luft tummelten. Die Kinder, die am Brunnen gespielt hatten, starrten sie einen Augenblick an und liefen dann verschüchtert davon, aber ein Lama (eine Dame mit sanften, flachen Augen und langem Hals, die unter der Last eines zu schweren Pelzumhangs zierlich über eine endlos scheinende Treppe herabtrippelte) kam zu ihr herüber und bot ihr eine samtige, gespaltene Nase zum Streicheln dar. Ein Lama hegt ein tiefes Interesse für die Menschen in seiner Umgebung und liebt es sogar, sich wie ihresgleichen zu geben und die Nase in ihre Gespräche zu stecken, als wollte es im nächsten Augenblick seine Stimme erheben und zaghaft eine hilfreiche Erläuterung beisteuern. Doña Maria war alsbald von einer Schar dieser sanften Schwestern umringt, die sie anscheinend fragen wollten, warum sie immer wieder die Hände zusammenschlage und wieviel die Elle ihres Schleiertuchs gekostet habe.

Doña Maria hatte angeordnet, daß etwa aus Spanien

eintreffende Briefe ihr sogleich durch einen Eilboten zu überbringen seien. Sie war nur langsam von Lima hierhergereist, und eben jetzt, wo sie mitten auf dem Kirchplatz saß, kam ein Bursche von ihrem Landgut gelaufen und übergab ihr ein großes in Pergament eingeschlagenes Briefpaket, von dem einige Wachssiegel herabhingen. Ohne Hast entfernte sie die Umhüllung. Mit gemessenen, stoischen Gebärden las sie zuerst ein herzliches und scherzhaftes Billett ihres Schwiegersohns und dann den Brief ihrer Tochter. Er war voll von Bemerkungen, die weh taten, wenn sie auch in recht brillante Wendungen gekleidet und vielleicht nur um der bloßen Virtuosität willen geschrieben waren, auf eine artige Weise Schmerz zufügen zu können. Jeder der Sätze fand seinen Weg durch die Augen der Marquesa und sank dann, sorgsam in Verstehen und Verzeihen eingehüllt, in ihr Herz. Zuletzt erhob sie sich, scheuchte sanft die Lamas beiseite und kehrte mit ernstem Gesicht in die Kirche zurück.

Während Doña Maria den Spätnachmittag vor dem Altar und auf dem Kirchplatz zubrachte, blieb es Pepita überlassen, das Quartier instand zu setzen. Sie zeigte den Trägern, wo sie die großen Tragkörbe hinstellen sollten, und begann den Hausaltar auszupacken, das Kohlenbecken, die Wandbehänge und die Bildnisse Doña Claras. Sie ging in die Küche hinunter und gab dem Koch genaue Weisungen für die Zubereitung eines bestimmten Reisbreis, der die Hauptnahrung der Marquesa war. Dann kehrte sie in die Zimmer zurück und wartete. Sie beschloß, einen Brief an die Äbtissin zu schreiben. Lange saß sie, die Kielfeder in der Hand, und starrte mit bebenden Lippen in die Ferne. Sie sah das Antlitz Madre Marias del Pilar vor sich, so gerötet und reingewaschen, und die wunderbaren dunklen Augen. Sie hörte ihre Stimme, wie sie zu Ende der Abendmahlzeit (während die Waisenkinder mit gesenktem Blick und gefalteten Händen dasaßen) die Begebenheiten des Tages besprach oder im Kerzenlicht zwischen den Betten des Spitals stand und das Thema angab für Meditationen während der Nacht. Am deutlichsten aber erinnerte sich Pepita der Gespräche, in welchen die Äbtissin, die nicht zu warten wagte, bis die Schülerin älter wäre, mit ihr die Pflichten ihres Amtes erörtert hatte. Sie hatte zu Pepita wie zu einer Gleichaltrigen gesprochen. Solche Gespräche sind beunruhigend und zugleich wundervoll für ein frühreifes Kind, und Madre Maria del Pilar hatte da Mißbrauch getrieben. Sie hatte Pepitas Vorstellung davon, wie sie dereinst empfinden und handeln solle, über das Maß ihrer Jahre erweitert und hatte unbedacht den vollen Lichtglanz ihrer Persönlichkeit auf Pepita scheinen lassen, wie Jupiter auf Semele. Pepita ward beängstigt durch das Gefühl ihrer Unzulänglichkeit; sie verheimlichte es und weinte im stillen. Und dann hatte die Äbtissin das Kind in die harte Schule dieser langen Einsamkeit geschickt, in der Pepita immer wieder gegen den Gedanken ankämpfen mußte, sie sei preisgegeben worden. Und nun, in dem fremden Gasthof in diesen fremden Bergen, wo die Luft der großen Höhe unbesonnener machte, sehnte sich Pepita nach der geliebten Gestalt, der einzigen Wirklichkeit in ihrem Leben.

Sie schrieb einen Brief voller Verwirrtheit und Tintenkleckse. Dann ging sie wieder hinunter, um nach frischen Holzkohlen zu sehn und den Reisbrei zu kosten.

Die Marquesa kam zurück und setzte sich an den Tisch. »Mehr kann ich nicht tun«, flüsterte sie. »Was sein wird, wird sein.« Sie band sich die Symbole ihres Aberglaubens vom Hals und ließ sie in die Glut des Kohlenbeckens fallen. Sie hatte ein seltsames Gefühl, als hätte sie sich durch zu viele Gebete Gott zum Gegner gemacht, und so rief sie ihn nun auf Umwegen an: »Schließlich liegt es nicht in meiner Hand. Ich erhebe keinen Anspruch mehr, auch nur den geringsten Einfluß darauf zu nehmen. Was sein wird, wird sein.« Sie saß lange Zeit, die Stirn in die Hände gestützt, und ihr Kopf war leer von Gedanken. Ihr Blick fiel auf Pepitas Brief. Kaum bewußt, entfaltete sie ihn und begann zu lesen. Sie war bis zur Hälfte gelangt, ehe sie die Bedeutung der Worte erfaßte . . . *aber das alles hat nichts zu bedeuten, wenn Ihr mich lieb habt und wünscht, daß ich bei ihr bleibe. Ich sollte es Euch nicht sagen, aber es geschieht hin und wieder, daß die bösen Kammerzofen mich in ein Zimmer sperren und dann allerlei Sachen stehlen, und vielleicht wird*

Ihre Gnaden, die Marquesa, glauben, ich hätte sie gestohlen. Ich hoffe nicht. Ich hoffe, ehrwürdige Mutter, Ihr seid wohlauf und habt nicht zu viele Sorgen um das Spital oder sonst etwas. So ich Euch auch nicht sehe, denke ich Euer doch allezeit und bin all dessen eingedenk, was Ihr zu mir gesprochen habt, meine liebe Mutter in Gott. Ich will nur tun, was Ihr wollt, aber wenn Ihr mich für wenige Tage ins Kloster zurückkommen lassen könntet – aber nicht, wenn Ihr es nicht wünscht. Doch ich bin so viel allein und habe niemand, zu dem ich sprechen kann, und alles ist so schwer. Manchmal weiß ich gar nicht, ob Ihr mich nicht vergessen habt, und wenn Ihr ein Weilchen Zeit fändet, um mir ein Brieflein oder irgendwas zu schreiben, könnte ich es bei mir tragen, aber ich weiß ja, wie beschäftigt Ihr seid . . .

Doña Maria las nicht weiter. Sie faltete den Brief und legte ihn beiseite. Einen Augenblick lang war sie von Neid erfüllt; sie sehnte sich, die Seele eines Menschen so völlig zu beherrschen, wie diese Nonne es imstande war. Am meisten jedoch sehnte sie sich in diese Schlichtheit der Liebe zurück, sehnte sie sich, die Last des Stolzes und der Eitelkeit abzuwerfen, die ihre Liebe stets mit sich zu schleppen gehabt hatte. Um den Aufruhr in ihrem Herzen zu beschwichtigen, griff sie nach einem frommen Buch und versuchte, ihre Aufmerksamkeit auf die gedruckten Worte zu heften. Aber nach einem Augenblick empfand sie plötzlich das Bedürfnis, den ganzen Brief nochmals zu lesen, um womöglich das Geheimnis von so viel Beglückung zu erhaschen.

Pepita kam zurück und brachte selber die Abendmahlzeit. Eine Magd folgte ihr. Doña Maria sah Pepita über den Rand des Buchs hinweg an, wie sie eine Botin vom Himmel angesehn hätte. Pepita ging auf den Zehen im Zimmer umher, deckte den Tisch und flüsterte ihrer Gehilfin Weisungen zu.

»Das Abendessen ist bereit, Ihre Gnaden«, sagte sie schließlich.

»Du wirst doch mit mir essen, mein Kind?« In Lima saß Pepita gewöhnlich mit ihrer Herrin zu Tisch.

»Ich dachte, Ihre Gnaden werden müde sein. Ich habe unten in der Küche gegessen.«

›Sie will nicht mit mir essen‹, dachte die Marquesa. ›Sie hat mich erkannt und hat mich verworfen.‹

»Wollen Ihre Gnaden, daß ich vorlese, während Ihre Gnaden essen?« fragte Pepita, die fühlte, daß sie einen Fehler begangen hatte.

»Nein, du magst schlafen gehn, wenn du willst.«

»Ich danke Ihrer Gnaden.«

Doña Maria war aufgestanden. Eine Hand auf die Lehne des Sessels gestützt, sagte sie zögernd: »Mein liebes Kind, ich sende morgen früh einen Brief nach Lima. Wenn du einen zu senden hast, kannst du ihn mitschicken.«

»Nein, ich habe keinen«, erwiderte Pepita und fügte hastig hinzu: »Ich muß jetzt hinuntergehn und Ihrer Gnaden frische Holzkohlen bringen.«

»Aber, liebes Kind, du hast doch . . . an Madre Maria del Pilar. Willst du ihn denn nicht . . .?«
Pepita tat, als wäre sie mit dem Kohlenbecken beschäftigt. »Nein, ich werde ihn nicht absenden«, sagte sie. Während des langen Schweigens, das nun folgte, war sie sich bewußt, daß die Marquesa sie verwundert anstarrte. »Ich habe es mir überlegt.«
»Ich weiß aber, sie hätte gern einen Brief von dir, Pepita. Er würde sie sehr glücklich machen, ich weiß es.«
Pepita wurde rot. Sie sagte laut: »Der Wirt versprach, es werden frische Kohlen für Ihre Gnaden bereit sein, sobald es dunkel geworden ist. Ich will unten sagen, daß man sie Ihrer Gnaden heraufbringe.« Sie blickte hastig nach der alten Frau und gewahrte, daß die sie noch immer mit großen traurigen, fragenden Augen ansah. Pepita fühlte, daß dies nicht Dinge waren, über die man sprechen konnte, aber der sonderbaren Frau schien so viel an der Sache gelegen zu sein, daß Pepita sich zu noch einer Antwort herbeiließ: »Nein, es war ein schlechter Brief. Es war kein guter Brief.«
Doña Maria blieb beinahe der Mund offenstehn. »Aber, meine liebe Pepita, ich finde, er ist sehr schön. Glaub mir, ich weiß das. Nein, nein, was sollte an ihm schlecht sein?«
Pepita zog die Stirn in Falten und suchte nach einem Wort, das die Sache erledigen würde.
»Es war . . . er war nicht . . . mutig«, sagte sie endlich. Und danach wollte sie nichts mehr sagen. Sie trug den

Brief in ihr Zimmer, und die Marquesa konnte hören, wie sie ihn zerriß. Dann kroch sie in ihr Bett und lag da und starrte ins Dunkel. Und es war ihr noch immer unbehaglich, weil sie auf solche Weise gesprochen hatte. Doña Maria setzte sich maßlos verwundert zum Essen.

Sie war niemals mutig gewesen, weder im Leben noch in der Liebe. Ihre Augen durchforschten ihr Herz. Sie dachte der Amulette an ihrem Rosenkranz, ihres unmäßigen Trinkens ... sie dachte ihrer Tochter. Sie erinnerte sich der langen Reihe exhumierter Gespräche, eingebildeter Kränkungen, unangebrachter Konfidenzen, all der Vorwürfe der Vernachlässigung und Lieblosigkeit (sie mußte wohl verrückt gewesen sein an jenem Tag; sie erinnerte sich, daß sie mit der Faust auf den Tisch geschlagen hatte). »Aber es ist nicht meine Schuld!« schrie sie auf. »Es ist nicht meine Schuld, daß ich so war. Alles war daran schuld. Die Art, wie ich erzogen wurde. Morgen will ich ein neues Leben beginnen. Warte nur, du wirst sehn, mein Kind, mein liebes Kind!« Endlich räumte sie den Tisch ab und setzte sich hin und schrieb, was sie ihren ersten Brief nannte, ihren ersten, noch holpernden und fehlerhaften, aber mutigen Brief. Sie erinnerte sich voll Scham, daß sie im vorhergehenden ihre Tochter flehentlich gefragt, wie sehr sie sie liebe, und gierig die spärlichen und zögernden Koseworte angeführt hatte, mit denen sie von Doña Clara in letzter Zeit bedacht worden war. Doña Maria vermochte sich dieser Briefseiten nicht mehr genau zu entsinnen, aber sie konnte neue schreiben, ungehemmt und großmütig. Niemand anders hat sie für holperig gehalten. Sie bilden den berühmten Brief LVI, der als ihr ›Erster Korintherbrief‹ bekannt ist wegen seiner unsterblichen Stelle über die Liebe: *Von den Tausenden von Menschen, denen wir im Leben begegnen, mein Kind* . . . und so weiter. Es war beinahe Morgen, als sie den Brief beendete.

Sie öffnete die Tür zum Balkon und sah empor zu den weiten Rängen der Sterne, die über den Anden funkelten. Nur wenige vernahmen es, aber während aller Stunden der Nacht war der ganze Himmel erklungen vom Gesang dieses leuchtenden Chors. Die Marquesa ergriff eine Kerze und ging ins Nebenzimmer; sie blickte auf die schlafende Pepita und strich ihr das feuchte Haar aus dem Gesicht. »Laß mich nun leben«, flüsterte sie, »laß mich von neuem beginnen!«

Zwei Tage später traten sie den Rückweg nach Lima an, und als sie über die Brücke von San Luis Rey kamen, befiel sie das Geschick, von welchem wir wissen.

Dritter Teil

ESTEBÁN

Eines Morgens entdeckte man Zwillinge im Findelkorb am Tor des Klosters Santa Maria Rosa de las Rosas. Beinahe noch ehe eine Amme zur Stelle war, hatte man schon Namen für die zwei Knaben gefunden, aber sie erwiesen sich für sie weniger nützlich, als unsre Namen für die meisten von uns, denn niemand gelang es je, die Brüder voneinanderzukennen. Es ließ sich auf keine Weise ermitteln, wer ihre Eltern waren, aber die Klatschmäuler von Lima, als sie gewahrten, wie kerzengerade sich die heranwachsenden Knaben hielten und wie ernst und schweigsam sie waren, erklärten sie für Kastilier und legten sie allen möglichen wappengeschmückten Häusern auf die Schwelle. Der einzige Mensch in der Welt, der so etwas wie Vormundstelle an ihnen vertrat, war die Äbtissin des Klosters. Madre Maria del Pilar war dahin gelangt, alle Männer zu verabscheuen, aber Manuel und Esteban wuchsen ihr ans Herz. Am späten Nachmittag rief sie sie oft in ihre Schreibstube, ließ für sie ein paar Kuchen aus der Küche bringen und erzählte den beiden Geschichten vom

Cid und von Judas Makkabäus und von den sechsunddreißig Mißgeschicken Harlekins. Sie gewann die Knaben mit der Zeit so lieb, daß sie sich manchmal dabei ertappte, wie sie ihnen tief in die schwarzen, düster glühenden Augen sah und nach jenen Zügen forschte, die hervortreten würden, sobald die beiden zu Männern herangewachsen wären, – ängstlich nach all der Schändlichkeit, all der Seelenlosigkeit spähte, die die Welt, in der sie selbst wirkte, so häßlich machten. Die zwei Knaben wuchsen im Kloster auf, bis sie das Alter ein wenig überschritten hatten, in welchem ihre Anwesenheit die frommen Schwestern ganz leise zu beunruhigen begann. Von da an hatten sie eine unbestimmte Stellung bei allen Sakristeien der Stadt; sie stutzten alle Klosterhecken, putzten jedes erreichbare Kruzifix blank, wischten einmal des Jahres mit einem feuchten Lappen über die Deckengemälde der meisten Kirchen. Ganz Lima kannte sie. Wenn ein Priester durch die Straßen hastete, um seine kostbare Bürde in das Zimmer eines Schwerkranken zu tragen, konnte man entweder Esteban oder Manuel mit langen Schritten hinter ihm hereilen und das Weihrauchfaß schwingen sehn. Als sie älter wurden, zeigten sie jedoch keine Neigung für das geistliche Leben. Sie wandten sich mit der Zeit dem Beruf des Schreibers zu. Es gab nur wenige Druckerpressen in der Neuen Welt, und die beiden erwarben bald einen auskömmlichen Lebensunterhalt, indem sie Rollen für das Theater abschrieben und Bal-

laden für das Volk und Ankündigungen für die Kaufleute. Vor allem aber waren sie die Kopisten der Chormeister und verfertigten unzählige Stimmen zu den Motetten von Morales und Bittoria.
Weil sie keine Verwandten hatten, weil sie Zwillinge waren und weil Frauen sie auferzogen hatten, waren sie schweigsam. Es war in ihnen eine sonderbare Scham über ihre Ähnlichkeit. Sie mußten in einer Welt leben, in der diese Ähnlichkeit ein Gegenstand unaufhörlicher Erörterungen und Scherze war. Ihnen selbst erschien sie niemals komisch, und sie ertrugen die ewigen Nekkereien mit gleichmütiger Geduld. Seit der Zeit, da sie sprechen lernten, hatten sie sich eine Geheimsprache erfunden, eine Sprache, die in ihrem Wortschatz und sogar in ihrer Grammatik kaum vom Spanischen abhängig war. Sie bedienten sich ihrer nur, wenn sie allein waren, oder manchmal, wenn es nottat, im Flüsterton in Gegenwart andrer. Der Erzbischof von Lima war so etwas wie ein Sprachforscher: er dilettierte in Dialekten; er hatte sogar eine ganz vortreffliche Tabelle des Lautwandels vom Katalonischen zum Spanischen und vom Spanischen zum Indianerspanisch entworfen. Er füllte viele Merkbücher mit seltsamer Wissenschaft an, für einen unterhaltsamen Lebensabend, den er sich daheim in Spanien auf seinem Landgut bei Segovia zu gönnen gedachte. So schnitt er denn, als er eines Tags von der Geheimsprache der Zwillinge erfuhr, einige Kielfedern zurecht und ließ die beiden holen. Sie stan-

den verschüchtert auf dem kostbaren Teppich seiner Studierstube, während er versuchte, aus ihnen ihr ›Brot‹ und ihr ›Buch‹, ihr ›ich sehe‹ und ›ich sah‹ herauszubekommen. Sie wußten nicht, warum ihnen diese Prozedur so gräßlich war; sie bluteten. Langes, entsetztes Schweigen folgte jeder Frage des Erzbischofs, bis endlich der eine oder der andre eine Antwort stammelte. Der Prälat dachte anfänglich, sie empfänden bloß Scheu vor seiner hohen Stellung und der Pracht des Gemachs, allmählich aber ahnte er zu seiner großen Verwunderung das Vorhandensein eines tieferen Widerstrebens und entließ sie mit Bedauern.

Diese Geheimsprache war das Sinnbild des tiefwurzelnden Sicheinsfühlens der beiden, denn wie ›Entsagung‹ ein unzulängliches Wort ist, um die seelische Wandlung auszudrücken, die in jener Nacht im Gasthof von Cluxambuqua mit der Marquesa de Montemayor vorging, so genügt das Wort ›Liebe‹ nicht, um das verschwiegene, beinahe verschämte Einssein dieser beiden Brüder zu bezeichnen. Was für eine Beziehung ist es, bei der nur wenige Worte gewechselt werden, und auch die nur über alltägliche Dinge wie Essen, Kleidung und Beschäftigung; bei der zwei Menschen eine seltsame Hemmung verspüren, einander auch nur anzublicken; und bei der ein stillschweigendes Übereinkommen herrscht, sich nicht miteinander in der Stadt zu zeigen, sondern denselben Gang durch verschiedene Straßen zu unternehmen? Und doch bestand dabei ein so furchtbares Bedürfnis des einen nach dem andern, daß es mit ebensolcher Selbstverständlichkeit Wunder bewirkte, mit der die Luft eines schwülen Tages Blitze erzeugt. Die Brüder waren sich dessen kaum bewußt, aber Telepathie war eine ganz gewöhnliche Erscheinung in ihrem Leben, und wenn der eine heimkehrte, spürte es der andere stets, auch wenn der Bruder noch mehrere Straßen entfernt war.

Auf einmal entdeckten sie, daß sie der Schreiberarbeit überdrüssig waren. Sie gingen zur Küste hinunter und fanden Beschäftigung beim Verladen und Löschen der Schiffsfrachten, und sie schämten sich nicht, Seite an Seite mit den Indios zu arbeiten; sie durchzogen als Fuhrleute alle Provinzen; sie verdingten sich für die Obsternte; sie wurden Ruderknechte auf einer Fähre. Und immer waren sie schweigsam. Ihre düsteren Gesichter bekamen bei diesen Beschäftigungen etwas Männliches und Zigeunerhaftes. Ihr Haar war selten geschnitten, und unter seinem dunklen Gewirr blickten die Augen gleichsam plötzlich aufgestört und ein wenig verdrossen hervor. Die ganze Welt war fern und fremd und feindlich, mit Ausnahme des Bruders.

Endlich aber fiel der erste Schatten auf diese Eintracht, und die Liebe zum Weibe war es, was ihn warf. Sie waren in die Hauptstadt zurückgekehrt und hatten das Rollenausschreiben fürs Theater wiederaufgenommen. Eines Abends gab ihnen der Direktor, der ein schwach besuchtes Haus voraussah, Freikarten. Den beiden gefiel, was sie dort entdeckten, gar nicht. Reden war für sie bloß eine entartete Form des Schweigens; um wieviel wertloser waren Verse, die eine entartete Form des Redens sind. Alle diese Anspielungen auf Ehre, Ruhm und die Flammen der Liebe, alle diese Vergleiche mit Blumen und Vögeln, Achilles und den Edelsteinen Ceylons, sie waren bloß ermüdend. Die Brüder besaßen für die Literatur nur den Schimmer eines Verständnisses, wie er für wenige Sekunden in den Augen eines Hundes aufdämmert; doch blieben sie geduldig auf ihren Sitzen und starrten auf die hellen Kerzenlüster und prächtigen Gewänder. In den Zwischenakten schlüpfte die Perichole aus ihrer Rolle, zog zwölf Unterröcke an und tanzte vor dem Vorhang. Esteban hatte noch eine Kopistenarbeit zu beenden und ging zeitig nach Hause, Manuel aber blieb. Die roten Schuhe und Strümpfe der Perichole hatten ihre Wirkung getan.

Beide Brüder waren, wenn sie Manuskripte geholt oder abgeliefert hatten, unzählige Male über die dunkeln Treppen hinter der Bühne gegangen. Dort hatten sie eine reizbare junge Frauensperson in einem unsauberen Miederleibchen Strümpfe stopfen sehn, während ihr der Regisseur ihre Rolle zum Einlernen vorlas. Sie hatte das Blitzen ihrer verwirrenden Augen sekundenlang auf die beiden Burschen gerichtet, sogleich erheitert durch die Erkenntnis, daß sie Zwillinge waren. Unverzüglich hatte sie sie in ihre Garderobe geschleppt und nebeneinandergestellt. Aufmerksam, belustigt und rücksichtslos hatte sie in jeden Quadratzoll ihrer Gesichter gespäht, bis sie endlich Esteban die Hand auf die Schulter gelegt und ausgerufen hatte: »Dieser ist der Jüngere!« Das war vor mehreren Jahren gewesen, und keiner der Brüder hatte je wieder des Vorfalls gedacht.

Hinfort aber schienen alle Wege Manuel am Theater vorbeizuführen. Noch spät in der Nacht lungerte er zwischen den Bäumen unter dem Fenster ihrer Garderobe herum. Es war nicht das erste Mal, daß Manuel von einer Frau gefesselt wurde. Beide Brüder hatten Weiber besessen, und das öfters, besonders während der Jahre drunten an der Küste; aber stets ganz einfach, wie eben Romanen. Nun jedoch war es das erste Mal, daß Manuels Wille und Vorstellung so überwältigt wurden. Er hatte dieses Vorrecht einfacher Naturen eingebüßt: die Sonderung von Liebe und Wollust. Wollust war nicht länger etwas so Simples wie Essen und Trinken; sie wurde durch die Liebe etwas sehr Verwickeltes. Jetzt begann dieses tolle Sichverlieren, diese Vernachlässigung von allem außer den dramatischen Gedanken über das geliebte Wesen, dieses fieberische innere Leben, das sich bei ihm einzig um die Perichole drehte, die davon erstaunt und angewidert gewesen wäre, hätte sie es ahnen können. Manuel hatte sich gewiß nicht nach irgendeinem literarischen Vorbild verliebt. Jedenfalls traf auf ihn nicht zu, was die bitterste Zunge Frankreichs bloß fünfzig Jahre zuvor gesagt hatte: daß viele das Verliebtsein nicht kennen würden, wenn sie nie etwas davon gehört hätten. Manuel las wenig. Im Theater (auf dem mehr als anderswo die Legende herrscht, Liebe sei eine Andachtsübung) war er nur ein einziges Mal gewesen, und die peruanischen Tavernenlieder, die er etwa gehört haben mochte, spiegelten, ungleich den spanischen, sehr wenig von romantischer Verehrung des idealisierten Weibes. Wenn er sich auch immer wieder sagte, daß die Perichole reich sei und schön und ermüdend geistvoll und die Mätresse des Vizekönigs, so vermochte doch keines dieser Attribute, deren jedes sie weniger erreichbar werden ließ, seine seltsame, zärtliche Erregung zu stillen.

So lehnte er im Dunkel an einem Baum, die Knöchel seiner Hand zwischen den Zähnen, und lauschte dem lauten Pochen seines Herzens.

Das Leben aber, das Esteban führte, war ausgefüllt genug gewesen für ihn. In seiner Vorstellung war kein Raum für eine zweite solche treue Ergebenheit; nicht etwa weil sein Herz weniger groß als das Manuels, sondern weil es von einfacherem Gewebe war. Nun wurde ihm das Geheimnis offenbar, von dessen Entdeckung man nie mehr ganz genesen kann: daß selbst in der vollkommensten Liebe der eine Teil weniger tief liebt als der andre; die beiden mögen gleich gut, gleich begabt, gleich schön sein, aber nie gibt es zwei, die ein-

ander gleich stark lieben. So saß denn Esteban wartend daheim bei einer tropfenden Kerze, die Knöchel seiner Hand zwischen den Zähnen, und fragte sich, warum Manuel so verändert und aller Sinn aus ihrem Leben entschwunden sei.
Eines Abends wurde Manuel auf der Straße von einem kleinen Jungen angehalten, der ihm die Botschaft überbrachte, die Perichole wünsche ihn sogleich zu sprechen. Manuel kehrte um und ging zum Theater zurück. Aufrecht, düster und geschäftsmäßig betrat er die Garderobe der Schauspielerin und blieb wartend stehn. Camila wollte einen Dienst von Manuel, und sie dachte, ein paar einleitende Schmeicheleien wären vonnöten, aber sie hielt kaum im Kämmen einer blonden Perücke inne, die auf dem Tisch vor ihr aufgesteckt war.
»Du schreibst Briefe für die Leute, nicht wahr? Ich möchte, daß du einen Brief für mich schreibst, bitte. Komm doch näher!«
Er trat zwei Schritte vor.
»Ihr besucht mich niemals auch nur auf einen Augenblick. Keiner von euch. Das ist nicht spanisch« – was soviel wie ›höflich‹ bedeutete. »Welcher von euch zweien bist du? Manuel oder Esteban?«
»Manuel.«
»Es ist ganz gleich. Ihr seid beide unfreundliche Gesellen. Keiner kommt mich besuchen. Hier sitze ich und muß den ganzen Tag dumme Verse lernen, und nie-

mand kommt mich je besuchen als ein Schwarm von Hausierern. Wohl weil ich eine Schauspielerin bin, wie?«

Das war nicht sehr verschlagen, aber für Manuel war es unaussprechlich schwierig und verwickelt. Er starrte sie bloß aus dem Schatten seiner langen Haare an und ließ sie aus dem Stegreif weitersprechen.

»Ich wollte dir auftragen, einen Brief für mich zu schreiben, einen streng vertraulichen Brief. Aber ich sehe jetzt, daß du mich nicht leiden magst, und ebensogut wie dich bitten, ihn zu schreiben, könnte man ihn laut in allen Weinschenken vorlesen. Oder was soll dieser Blick bedeuten, Manuel? Bist du mein Freund?«

»Ja, Señora.«

»Geh weg! Schick mir Esteban her! Du sagst nicht einmal ›Ja, Señora‹ so, wie ein Freund es sagen würde.«

Es folgte eine lange Pause. Plötzlich hob sie den Kopf.

»Bist du noch immer da, Unfreundlicher?«

»Ja, Señora ... Ihr könnt mir vertrauen ... alles für Euch tun ... Ihr könnt mir vertrauen ...«

»Wenn ich von dir verlangte, daß du einen Brief für mich schreibst, oder auch zwei, verprichst du, keinem Menschen je zu sagen, was darin stand, ja nicht einmal, daß du ihn überhaupt geschrieben hast?«

»Ja, Señora.«

»Wobei versprichst du das? – Bei der heiligen Jungfrau Maria?«

»Ja, Señora.«

»Und beim Herzen der heiligen Rosa von Lima?«
»Ja, Señora.«
»Name von einem Namen, Manuel, jeder Mensch würde glauben, du seist so dumm wie ein Ochse! Manuel, ich bin sehr böse auf dich. Du bist nicht dumm. Du siehst nicht dumm aus. Bitte sag nicht wieder bloß ›Ja, Señora‹. Stell dich doch nicht dumm, oder ich sende nach Esteban. Was ist denn mit dir?«
Da stürzte sich Manuel in die spanische Sprache und rief mit unnötigem Nachdruck: »Ich schwöre bei der Jungfrau Maria und beim Herzen der heiligen Rosa von Lima, daß alles, was mit dem Brief zu tun hat, ein Geheimnis bleiben wird.«
»Auch vor Esteban«, soufflierte die Perichole.
»Auch vor Esteban.«
»Gut, das klingt schon besser.« Sie bedeutete ihm, sich an einen Tisch zu setzen, auf dem Schreibzeug vorbereitet war. Während sie ihm diktierte, schritt sie im Zimmer auf und ab, die Stirn in Falten ziehend und sich in den Hüften wiegend. Sie raffte ihren Schal trotzig um die Schultern und stemmte die Arme in die Seiten . . .
Camila Perichole küßt die Hände Seiner Exzellenz und sagt
– Nein, nimm ein frisches Blatt und fang nochmals an!
Señora Micaela Villegas, Künstlerin, küßt die Hände Seiner Exzellenz und sagt: Da sie das Opfer der neidischen und lügnerischen Freunde geworden, die S.E Güte um Seine Person duldet, kann sie den Argwohn und die Eifersucht S.E.

nicht länger ertragen. S.E. ergebene Dienerin hat stets S.E. Freundschaft geschätzt und niemals einen Verstoß dagegen begangen oder auch nur beabsichtigt, aber sie kann nicht länger gegen die Verleumdungen ankämpfen, denen S.E. so bereitwillig Glauben schenkt. Señora Villegas, Künstlerin, genannt die Perichole, stellt daher diejenigen Geschenke S.E., über die sie nicht unwiderruflich verfügt hat, hiermit zurück, da sich S.E. Dienerin an ihnen ohne S.E. Vertrauen nicht mehr zu erfreuen vermag.

Camila ging noch mehrere Minuten in Gedanken verloren im Zimmer auf und ab; dann befahl sie plötzlich, ohne ihren Sekretär auch nur anzublicken: »Nimm ein neues Blatt! Schreib! *Bist Du toll geworden? Laß Dir nie wieder einfallen, einen Stier mir zu widmen. Das ergab einen schrecklichen Streit. Der Himmel beschütze Dich, mein junger Hengst! Freitag nacht am selben Ort zur selben Zeit. Es mag sein, daß ich mich ein wenig verspäte, denn der Fuchs hält die Augen offen.* Das ist alles.«

Manuel erhob sich.

»Du schwörst, daß du keine Fehler gemacht hast?«

»Ja, ich schwör' es.«

»Hier hast du dein Geld.«

Manuel nahm es.

»Ich werde dich für noch einige Briefe brauchen von Zeit zu Zeit. Gewöhnlich schreibt sie mein Onkel Pio für mich. Aber ich will nicht, daß er von diesen weiß. Geh mit Gott!«

»Geht mit Gott!«

Manuel stieg die Treppe hinab und stand lange unter den Bäumen, ohne zu denken, ohne sich zu rühren.

Esteban wußte, daß sein Bruder unausgesetzt die Perichole im Sinn hatte, aber er vermutete nie, daß er mit ihr zusammenkomme. Während der nächsten zwei Monate erschien bisweilen eilig ein kleiner Junge und fragte ihn, ob er Manuel oder Esteban sei, und fügte, sobald er hörte, daß es bloß Esteban war, hinzu, Manuel werde im Theater benötigt. Esteban nahm an, es handle sich um Abschreibarbeit, und war daher ganz unvorbereitet auf den Besuch, den sie eines Nachts in ihrem Zimmer erhielten.

Es war beinahe Mitternacht. Esteban war zu Bett gegangen und starrte unter der Decke hervor auf die Kerze, bei deren Schein sein Bruder noch arbeitete. Es klopfte leise an die Tür; Manuel öffnete und ließ eine tiefverschleierte Dame ein, die erregt und außer Atem war. Sie schlug den Schleier zurück und sagte hastig: »Schnell! Tinte und Papier! Du bist Manuel, nicht wahr? Du mußt einen Brief für mich schreiben.«

Eine Sekunde lang fiel ihr Blick auf zwei glänzende Augen, die sie von der Bettstatt her anstarrten. »Du mußt . . . ihr müßt entschuldigen«, murmelte sie. »Ich weiß, es ist spät. Aber der Brief ist dringend. Ich mußte herkommen.« Dann wandte sie sich an Manuel und flüsterte ihm ins Ohr: »Schreib dies – *Ich, die Perichole, bin es nicht gewohnt, bei einem Rendezvous zu warten.* Hast du das? *Du bist bloß ein Cholo, und es gibt bessere Matado-*

re, als Du einer bist, sogar hier in Lima. Ich bin eine halbe Kastilierin, und es gibt in der ganzen Welt keine bessere Schauspielerin. Du sollst keine Gelegenheit mehr haben, mich warten zu lassen, Cholo, und ich werde zuletzt lachen, – hast du das? – *denn nicht einmal eine Schauspielerin altert so rasch wie ein Stierkämpfer.«*

Für Esteban in seinem dunkeln Winkel war das Bild Camilas, wie sie sich über seines Bruders Schulter beugte und ihm ins Ohr flüsterte, Beweis genug, daß eine neue Art von Einverständnis, wie er sie nie kennen würde, zwischen den beiden entstanden sei. Es war ihm, als schwände er dahin in den Weltraum, unendlich klein und unendlich überflüssig. Er warf noch einen Blick auf dieses Bild der Liebe, auf dieses ganze Paradies, aus dem er ausgeschlossen war, und kehrte sein Gesicht zur Wand.

Camila griff nach dem Brief, kaum daß er geschrieben war, schob ein Geldstück über den Tisch und verließ das Zimmer in einem Wirbel schwarzer Spitzen und roter Halsketten und erregten Geflüsters. Manuel kam von der Haustür zurück, die Kerze in der Hand. Er setzte sich, die Ellbogen auf den Knien, den Kopf zwischen den Händen. Er betete sie an; er flüsterte es immer wieder vor sich hin, daß er sie anbete, und er machte aus den Lauten eine Art von Beschwörung und eine Schutzwehr gegen seine Gedanken.

Er verbannte alles bis auf diesen Singsang aus seinem Geist, und die eintönige Leere ließ ihn der Gemütsstimmung Estebans gewahr werden. Er vermeinte aus der dunkeln Ecke eine Stimme zu vernehmen, die sagte: »Geh, folg ihr, Manuel! Bleib nicht hier! Du wirst glücklich sein. Es ist Raum für uns alle in der Welt.« Dann wurde die Vorstellung noch lebhafter, und er sah im Geist Esteban weit fort gehn und im Gehn viele Male Abschied winken. Ein Schrecken erfaßte ihn und ließ ihn erkennen, daß jede andere Zuneigung in der Welt ein bloßer Schatten war, ein Fieberwahn, – sogar Madre Maria del Pilar, sogar die Perichole. Er konnte nicht begreifen, warum Estebans Elend sich ihm darstellte, als verlangte es, daß er zwischen seinem Bruder und der Perichole wähle; aber er begriff, daß Esteban elend war. Und sogleich opferte er ihm alles, sofern man sagen kann, daß wir je etwas andres opfern als das, wovon wir wissen, wir können es nie erlangen, oder von dem uns eine geheime Weisheit sagt, sein Besitz würde uns unangenehm werden und uns traurig stimmen.

Gewiß, da war nichts, was Esteban Grund zu klagen geben konnte. Es war nicht Eifersucht, denn bei früheren Liebeshändeln war ihrer keinem der Gedanke gekommen, ihre Ergebenheit für einander sei gemindert worden. Es war bloß dies, daß im Herzen des einen noch Raum war für eine sorgfältig genährte, phantasievolle Zuneigung, und im Herzen des andern nicht. Manuel vermochte das nicht ganz zu begreifen, und wie wir sehn werden, hegte er ein undeutliches Gefühl, ungerecht beschuldigt worden zu sein. Aber er begriff, daß Esteban litt. In seiner Bestürzung tastete er nach einem Mittel, den Bruder, der in die Ferne zu entschwinden schien, zurückzuhalten. Und sogleich, mit einem einzigen Griff, riß er sich, ohne zu zögern, die Perichole aus dem Herzen.

Er blies die Kerze aus und legte sich auf sein Bett. Ein Zittern befiel ihn. Laut, mit übertriebenem Gleichmut, warf er hin: »Na, das war der letzte Brief, den ich für dieses Weibsstück geschrieben habe. Sie mag zusehn, wo sie einen andern Kuppler findet. Wenn sie je wieder hierherkommt oder nach mir schickt – ich bin nicht zu Haus. Sag ihr das! Mach es ihr deutlich! Dies war das letzte Mal, daß ich mit ihr zu tun hatte.« Und er begann, laut sein Abendgebet herzusagen. Aber es war noch kaum bis *a sagitta volante in die* gekommen, als er gewahr wurde, daß Esteban aufgestanden war und die Kerze anzündete.

»Was ist los?« fragte er.

». . . . noch ausgehn . . . spazieren«, antwortete Esteban düster und zog seinen Hosenriemen fest. Einen Augenblick später brach er in angenommenem Zorn los: »Mir zuliebe brauchst du nicht zu sagen . . . was du eben gesagt hast. Mir ist's gleich, ob du ihre Briefe schreibst oder nicht. Meinetwegen brauchst du's nicht zu ändern. Ich hab' nichts damit zu schaffen.«

»Leg dich schlafen, du Narr! Gott, bist du ein Narr, Esteban! Was bringt dich auf den Gedanken, ich hab' das dir zuliebe gesagt? Glaubst du mir etwa nicht, daß ich es auch meine – daß ich fertig bin mit ihr? Glaubst du etwa, ich habe Lust, noch mehr von ihren sauberen Briefen zu schreiben und mich dafür auf diese Art bezahlen zu lassen?«

»Ist schon recht. Du liebst sie. Du brauchst's meinetwegen nicht zu ändern.«

»Ich ... sie? ... lieben? Du bist verrückt, Esteban. Wie könnte ich sie lieben? Was für Aussichten hätte ich? Meinst du, sie würde mir diese Briefe zu schreiben geben, wenn da irgendeine Aussicht wäre? Meinst du, sie würde mir ein Geldstück übern Tisch zuschieben ... jedesmal ... Du bist verrückt, Esteban, weiter nichts.«

Ein langes Schweigen folgte. Esteban ging noch immer nicht zu Bett. Er saß bei der Kerze, mitten im Zimmer, und tappte mit der Hand auf die Tischkante.

»Geh schlafen, du Narr!« schrie Manuel und richtete sich unter der Bettdecke auf den einen Ellbogen auf. Er sprach in der Geheimsprache, und das neue Weh in seinem Herzen gab seiner gespielten Wut einen stärkeren Klang von Wahrheit. »Mit mir ist alles in Ordnung.«

»Nein, ich will nicht. Ich geh' noch aus«, erwiderte Esteban und griff nach seinem Mantel.

»Du kannst jetzt nicht spazierengehn. Es ist zwei Uhr in der Nacht, und es regnet. Du kannst nicht ausgehn und stundenlang so herumlaufen. Sieh her, Esteban, ich schwöre dir, es ist nichts mehr an dem Ganzen. Ich liebe sie nicht. Ich hab's bloß eine Zeitlang getan.«

Aber Esteban stand bereits in dem dunkeln Viereck der offenen Tür. Mit der unnatürlichen Stimme, mit der wir die schwerstwiegenden Erklärungen in unserm Leben abgeben, murmelte er: »Ich bin dir im Weg«, und wandte sich zum Gehn.

Manuel sprang aus dem Bett. Sein Kopf schien von einem lauten Dröhnen erfüllt zu sein, von dem Ruf einer Stimme, daß Esteban für immer fortgehe, ihn allein lasse auf ewig. »Um Gottes Willen, Esteban, komm zurück! Komm sogleich zurück!«

Esteban kam zurück und ging zu Bett, und viele Wochen lang wurde der Sache keine Erwähnung mehr getan. Gleich am nächsten Abend hatte Manuel Gelegenheit gehabt, seinen Standpunkt klarzumachen. Ein Bote von der Perichole war gekommen, und es war ihm barsch befohlen worden, der Schauspielerin zu sagen, daß Manuel keine Briefe mehr für sie schreiben werde.

Eines Abends riß sich Manuel an einem Stück Eisen das Knie wund.

Keiner der beiden Brüder war je auch nur einen Tag in seinem Leben krank gewesen, und nun sah Manuel ganz entsetzt, wie sein Bein anschwoll, und fühlte die Wogen des Schmerzes in seinem Körper steigen und verebben und wieder steigen. Esteban saß bei ihm, starrte in sein Gesicht und versuchte sich vorzustellen, was große Schmerzen seien. Endlich, um Mitternacht, erinnerte sich Manuel, daß das Schild eines Barbiers in der Stadt den Eigentümer als erfahrenen Wundarzt bezeichnete. Esteban lief durch die Gassen, ihn zu holen. Er hämmerte an die Tür. Alsbald beugte sich eine Frau aus einem Fenster und rief ihm zu, ihr Mann werde am Morgen zurück sein. Während der angstvollen Stunden, die nun folgten, sagten die Brüder einander, es werde alles gut werden, sobald sich der Arzt das Bein angesehn habe. Er werde sicherlich etwas dafür wissen, und Manuel werde nach zwei, drei Tagen wieder seine Gänge in der Stadt machen können, vielleicht schon am nächsten Tag, vielleicht in weniger als einem Tag.

Der Barbier kam und verordnete verschiedene Tinkturen und Salben. Esteban wurde angewiesen, dem Bruder jede Stunde kalte Umschläge auf das Bein zu legen. Der Barbier ging, und die Brüder warteten darauf, daß der Schmerz aufhöre. Aber während sie einander ins Gesicht starrten und auf das Wunder der Wissenschaft warteten, wurde der Schmerz immer ärger. Stunde für Stunde trat Esteban mit dem nassen Tuch an das Bett, und beide merkten, daß der Augenblick des Auflegens der allerärgste war. Mit aller Tapferkeit der Welt konnte Manuel sich nicht zurückhalten, aufzuschreien und sich im Bett hin und her zu werfen. Die Nacht kam, und Esteban wartete verbissen und tat sein Werk. Neun Uhr, zehn, elf. Wenn Esteban sich jetzt näherte, um das Tuch aufzulegen (die Stunde schlug stets so melodisch von all den vielen Türmen), flehte Manuel ihn an, es zu unterlassen. Er nahm seine Zuflucht zu einer Täuschung und erklärte, er fühle kaum noch etwas. Aber Esteban, dem das Herz so zum Zerspringen voll war von Weh, daß er die Lippen aufeinanderpressen mußte, schlug schnell die Decke zurück und band mit grimmiger Strenge das Tuch fest. Manuel verfiel allmählich in Fieberwahn, und unter den Schmerzen der Behandlung brachen alle Gedanken, denen er bei klarem Geist nicht Raum gegeben hatte, ins Ungeheuerliche vergrößert aus seinem Mund hervor.

Endlich, um zwei Uhr, außer sich vor Wut und Schmerz, warf er sich halb aus dem Bett, bis sein Kopf auf den Fußboden aufschlug, und schrie: »Gott verdamm deine Seele zur heißesten Hölle, die's gibt! Tausend Teufel sollen dich martern, Esteban. Gott verdamm deine Seele, hörst du!« Nach Luft ringend, mit offenem Mund und starren Blicks trat Esteban auf den Gang hinaus. Noch immer hörte er drinnen: »Ja, Esteban, möge Gott deine viehische Seele verdammen auf ewig, hörst du? Dafür, daß du dich eingedrängt hast zwischen mich und, was mir gehört von Rechts wegen. Mein war sie, hörst du? Wer hat dir das Recht gegeben . . .« Und Manuel verlor sich in eine langatmige Beschreibung der Perichole.

Diese Ausbrüche wiederholten sich jede Stunde. Es währte stets einige Zeit, bis Esteban zu begreifen vermochte, daß sein Bruder in solchen Augenblicken nicht bei Sinnen war. Nach einigen Minuten des Entsetzens, an dem der Umstand, daß er ein gläubiger Christ war, etlichen Anteil hatte, kehrte er in das Zimmer zurück und versah gesenkten Kopfs seine Pflichten weiter. Gegen Morgen wurde sein Bruder ruhiger. (Für welches menschliche Leid scheint die Morgendämmerung nicht Erleichterung zu bringen!) Es war in einer dieser Pausen, da sagte Manuel ganz ruhig:

»Bei Gott, mir ist besser, Esteban! Diese Umschläge müssen doch etwas nützen. Du wirst sehn, morgen werd' ich schon wieder auf sein und umhergehn. Du hast ja seit Tagen nicht geschlafen. Aber du wirst sehn, Esteban, ich werde dir keine Mühe mehr schaffen.«

»Es ist keine Mühe, du Narr.«

»Du darfst es nicht ernst nehmen, Esteban, wenn ich dich zu hindern versuche, mir die Umschläge zu machen.«

Lange Pause. Endlich bringt Esteban kaum hörbar hervor:

»Ich glaube . . . glaubst du nicht, es wär' eine gute Idee, wenn ich die Perichole herholen ließe? Ich meine, sie könnte just für ein paar Minuten kommen und mit dir sprechen, mein' ich . . .«

»Die? Du denkst noch immer an sie? Ich möcht' sie nicht hier haben, nicht um alles in der Welt. Nein!«

Aber Esteban gibt sich nicht gleich zufrieden. Er zerrt noch ein paar Sätze aus seinem Innersten hervor.

»Nicht wahr, Manuel, du hast noch immer das Gefühl, daß ich mich zwischen dich und die Perichole gedrängt habe? Aber du erinnerst dich doch, daß ich dir sagte, von mir aus sei alles in Ordnung? Ich schwöre dir, ich hätte mich bloß gefreut, auch wenn du mit ihr weggezogen wärst oder was weiß ich . . .«
»Wozu kramst du das alles wieder aus, Esteban? Ich sage dir doch, so wahr Gott lebt, ich denke nicht mehr daran. Sie ist mir nichts. Wann wirst du das Ganze endlich vergessen, Esteban? Ich sag' dir doch, ich bin froh, so wie es ist. Siehst du, ich muß wieder zornig werden, wenn du immer darauf zurückkommst.«
»Ich würd' ja nicht davon sprechen, Manuel, aber wenn du zornig wirst wegen der Umschläge . . . da . . . da wirst du auch deswegen zornig mit mir. Und du sprichst davon, und dann –«
»Siehst du, da weiß ich nicht, was ich rede. Mein verdammtes Bein tut dann so weh, verstehst du –«
»Dann verwünschst du mich also nicht in die Hölle, weil ich . . . weil es so aussieht, als hätt' ich mich zwischen dich und die Perichole gedrängt?«
»Dich? In die Hölle . . .? Was fällt dir ein? Du bist verrückt, Esteban! Du bildest dir Dinge ein. Du hast Wahnvorstellungen. Du hast seit Tagen nicht geschlafen, Esteban. Ich bin dir zur Last gefallen, und du machst dich meinetwegen krank. Aber du wirst sehn, ich werde dir nicht mehr viel Mühe schaffen. Wie könnt' ich dich in die Hölle verwünschen, Esteban, wo du

doch alles bist, was ich habe? Verstehst du denn nicht, daß ich einfach den Verstand verliere, wenn die Umschläge wieder anfangen? Weißt du was? Denk nicht mehr daran! Es wird schon wieder Zeit. Ich werde kein Wort sagen diesmal.«

»Nein, Manuel, dies eine Mal wollen wir übergehn. Es wird dir nicht schaden. Grade nur dieses eine Mal wollen wir auslassen.«

»Ich muß aber gesund werden, Esteban. Ich muß bald wieder auf sein, weißt du. Mach mir den Umschlag. Aber wart einen Augenblick – gib mir das Kruzifix! Ich schwöre beim Leibe Christi, wenn ich etwas gegen dich sage, Esteban, meine ich es nicht so, und es sind bloß närrische Worte, wie man sie im Traum spricht, wegen der Schmerzen in meinem Bein. Lieber Gott, mach mich bald gesund! Amen. Stell es wieder weg! So. Jetzt bin ich bereit.«

»Sieh her, Manuel, es wird gewiß nichts schaden, wenn ich's diesmal sein lasse. Es wird dir guttun, einmal nicht –«

»Nein, ich muß wieder gesund werden. Der Barbier hat gesagt, der Umschlag muß gemacht werden. Ich werd' kein Wort reden.«

Und es fängt alles wieder von neuem an.

In der folgenden Nacht begann eine Dirne im Zimmer zur Rechten an die Wand zu klopfen, empört über solches Fluchen. Ein Priester im Zimmer zur Linken trat hinaus auf den Gang und schlug mit der Faust an die

Tür. Das ganze Stockwerk rottete sich erbittert vor der Tür zusammen. Der Hauswirt kam die Treppe herauf und versprach seinen Mietern mit lauter Stimme, er werde die Brüder, kaum daß es Tag wäre, auf die Straße setzen. Esteban, die Kerze in der Hand, kam heraus und ließ die Leute ihre Wut an ihm austoben, solange sie wollten; aber von nun an preßte er, während der Augenblicke der ärgsten Qual, jedesmal seine Hand, so fest er konnte, auf des Bruders Mund. Das steigerte Manuels Wut gegen ihn so sehr, daß er die ganze Nacht hindurch Flüche lallte.

In der dritten Nacht sandte Esteban nach einem Geistlichen, und inmitten der ungeheuerlichen Schatten empfing Manuel das Sakrament und starb.

Von da an mied Esteban das Haus. Er blieb stundenlang weg, aber plötzlich war er wieder zurück und trieb sich in den nächsten Straßen umher und starrte die Vorübergehenden an. Der Hauswirt, der sah, daß alles Zureden keinen Eindruck auf Esteban machte, erinnerte sich, daß die beiden Burschen im Kloster Santa Maria Rosa de las Rosas aufgezogen worden waren, und sandte nach der Äbtissin. In ihrer schlichten, tüchtigen Art ordnete sie alles an, was zu geschehn hatte. Zuletzt ging sie hinunter an die Straßenecke, um mit Esteban zu sprechen. Eine Mischung von Sehnsucht und Mißtrauen im Blick, sah er sie näherkommen. Aber als sie vor ihm stand, wandte er die Augen ab.

»Ich brauche deine Hilfe. Willst du nicht hineingehn

und deinen Bruder sehn? Willst du nicht kommen und mir helfen?«
»Nein.«
»Du willst mir nicht helfen!« Lange Pause. Plötzlich, während sie so in völliger Ratlosigkeit dastand, durchzuckte sie die Erinnerung an einen Vorfall vor vielen Jahren. Die Zwillinge, damals ungefähr fünfzehn Jahre alt, saßen ihr zu Füßen, und sie erzählte ihnen die Geschichte der Kreuzigung. Die großen dunklen Augen der Knaben hingen an ihren Lippen. Auf einmal hatte Manuel laut ausgerufen: »Wären Esteban und ich dabei gewesen, wir hätten es verhindert.«
»Wenn du mir also nicht helfen willst, so sag mir, welcher von euch du bist.«
»Manuel«, sagte Esteban.
»Willst du nicht kommen, Manuel, und wenigstens ein Weilchen dort oben mit mir sitzen?«
Nach einer langen Pause: »Nein.«
»Aber Manuel, mein lieber Manuel, erinnerst du dich nicht, wie ihr als Kinder so vielerlei für mich getan habt? Ihr wart stets bereit, für mich einen Botengang zu tun bis ans andre Ende der Stadt. Und wenn ich krank war, habt ihr der Schwester Köchin zugesetzt, bis ihr mir meine Suppe bringen durftet.« (Eine andre Frau hätte gesagt: »Erinnerst du dich nicht, wieviel ich für euch getan habe?«)
»Ja.«
»Auch ich, Manuel, auch ich habe viel verlo-

ren . . . einst . . . Aber wir wissen, daß Gott sie alle zu sich genommen hat . . .« Doch es half nichts. Esteban wandte sich unentschlossen um und ging davon. Nach etwa zwanzig Schritten blieb er stehn und starrte in eine Seitengasse, wie ein Hund, der weglaufen will, aber seinen Herrn, der ihn zurückruft, nicht kränken möchte.

Es war nichts mit ihm anzufangen. Als die schauerliche Prozession von schwarzen Kapuzen und Masken die Stadt durchschritt – mit den Kerzen im hellen Tageslicht, der Schaustellung aufgehäufter Totenschädel, den grauenerregenden Gesängen –, folgte ihr Esteban in einer Parallelstraße und warf aus der Ferne verstohlene Blicke auf sie wie ein Wilder.

Ganz Lima nahm Anteil an dieser Trennung der Brüder. Hausfrauen besprachen sie mitleidig im Flüsterton, während sie ihre Teppiche auf den Balkonen entrollten. In den Weinschenken schüttelten die Männer die Köpfe, wenn die Rede darauf kam, und rauchten eine Weile schweigend. Reisende aus dem Innern des Landes erzählten, daß sie Esteban mit Augen wie Kohlen ein ausgetrocknetes Flußbett entlang taumeln oder ihn in den großen Ruinenstätten des alten Volkes herumirren gesehn hatten. Ein Lamahirt war an ihn herangekommen, wie er auf einer Bergkuppe stand, halb schlafend oder benommen und triefend vom Tau da unter den Sternen. Ein paar Fischer überraschten ihn, als er weit hinaus ins Meer geschwommen war. Bisweilen fand er Arbeit, war Schafhirt oder Fuhrmann, aber nach einigen Monaten verschwand er stets und schweifte von einer Provinz zur andern. Immer wieder aber kehrte er nach Lima zurück. Eines Tags erschien er in der Tür zur Garderobe der Perichole; er setzte zum Reden an, starrte ihr ernst ins Gesicht und war plötzlich wieder weg. Einmal kam eine Klosterschwester zu Madre Maria del Pilar gelaufen und berichtete, daß sich Esteban (den die Welt Manuel nannte) vor dem Kloster herumtreibe. Die Äbtissin eilte ans Tor. Seit Monaten hatte sie sich gefragt, mit welcher List man den halb irren Burschen bewegen könnte, wieder bei ihnen zu bleiben. Sie nahm ein möglichst ernstes und ruhiges Gehaben an, und als sie unter dem Tor erschien, murmelte sie: »Mein Freund!« und sah ihm ins Gesicht. Er starrte sie an, mit demselben sehnsuchtsvollen und mißtrauischen Blick, den sie damals an ihm bemerkt hatte, und stand zitternd da. Abermals flüsterte sie: »Mein Freund!« und tat einen Schritt vorwärts. Doch Esteban wandte sich ab, begann zu laufen und verschwand. Madre Maria del Pilar hastete stolpernd zurück an ihr Betpult, und dort fiel sie in die Knie und rief zornig aus: »Ich habe um Weisheit gebetet, und Du hast mir keine gegeben. Es hat Dir nicht gefallen, mir die geringste Gnade zu erweisen. Ich bin bloß ein Scheuerweib . . .« Aber während der Bußzeit, die sie sich für diese Vermessenheit auferlegte, kam ihr der Gedanke, nach dem Kapitän Alvarado zu senden. Drei Wochen später hatte sie eine Unterredung von zehn Minuten mit ihm. Und am nächsten Tag brach er nach Cuzco auf, wo, wie es hieß, Esteban als Kopist für die Universität arbeitete.

Es weilte nämlich zu jener Zeit diese seltsame, edle Gestalt in Peru: der Kapitän Alvarado, der große Reisende. Er war gebräunt und gegerbt von allen Wettern. Auf dem großen Platz stand er mit gespreizten Beinen, als wären sie auf das Verdeck eines Schiffs gepflanzt. Seine Augen waren sonderbar: gleichsam kurzer Entfernungen ungewohnt und zu sehr darauf eingestellt, das Auftauchen eines Sternbilds zwischen einer Wolke und der nächsten zu erhaschen oder durch den Regen hindurch die Umrisse eines Vorgebirgs zu erkennen. Seine Schweigsamkeit wäre für die meisten von uns durch seine langen Fahrten genügend erklärt, aber die Marquesa de Montemayor wußte einen anderen Grund. *Kapitän Alvarado wird Dir diesen Brief persönlich überbringen,* schrieb sie ihrer Tochter. *Führe ihn bei einigen Euerer Geographen ein, meine Liebe, ob es sie gleich ein wenig verlegen machen mag, denn er ist ein Diamant an Aufrichtigkeit. Sie werden nie wieder jemand sehen, der so weit gereist ist. Gestern abend beschrieb er mir einige seiner Fahrten. Stelle Dir vor, daß er sein Schiff durch ein Meer von Tang steuerte und dabei eine Wolke von Fischen aufscheuchte, wie Grashüpfer im Juni; oder daß er zwischen zwei Inseln von Eis hindurchsegelte. Oh, er ist in China gewesen und ist die Flüsse Afrikas hinaufgefahren. Aber er ist kein bloßer*

Abenteurer und scheint keinen Stolz darein zu setzen, neue Länder zu entdecken; und er ist auch kein bloßer Kaufmann. Eines Tages fragte ich ihn auf den Kopf zu, warum er so lebe, aber er wich meiner Frage aus. Von meiner Waschfrau erfuhr ich, was, wie ich glaube, der Grund seines unsteten Umherreisens ist: mein Kind, er hatte ein Kind; meine Tochter, er hatte eine Tochter. Sie war gerade alt genug, um ein Feiertagsmahl zu kochen und ein wenig für ihn zu nähen. Damals segelte er bloß zwischen Mexiko und Peru, und Hunderte Male winkte sie ihm Lebewohl und Willkommen. Wir haben keine Möglichkeit, zu wissen, ob sie schöner und geistvoller war als die Tausende anderer Mädchen, die rings um ihn lebten, – aber sie war sein. Ich vermute, es wird Dir unwürdig scheinen, daß solch ein Eichbaum von einem Mann in der Welt umherwandern sollte wie ein Blinder in einem leeren Haus, bloß weil ein kleines Balg daraus hinweggenommen ward. Nein, das kannst Du nicht begreifen, mein Angebetetes, aber ich, ich begreife es und erbleiche. Gestern abend saß er bei mir und sprach von ihr. Er stützte die Wange in die Hand, und ins Feuer blickend sagte er: »Manchmal will es mir scheinen, sie sei fern von mir auf einer Reise und ich werde sie wiedersehen. Es scheint mir, sie sei in England.« Du wirst mich auslachen, aber ich glaube, er umwandert die Hemisphären, um die Zeit auszufüllen zwischen heute und seinem Lebensabend.

Die Zwillingsbrüder hatten stets große Achtung für Kapitän Alvarado gehegt. Eine kurze Zeit hatten sie für ihn gearbeitet, und die Schweigsamkeit dieser drei hatte einen kleinen sinnvollen Kern gebildet in einer Welt von Prahlerei und Selbstentschuldigung und Schönrednertum. Und so rückte zwar, als der große Reisende die dunkle Garküche betrat, wo der Bursche soeben seine Mahlzeit verzehrte, Esteban weiter in den Schatten, aber von ferne freute er sich doch. Ehe er selbst aufgegessen hatte, verriet der Kapitän durch kein Zeichen, daß er ihn erkannte, nicht einmal, daß er ihn sah. Esteban war schon längst mit dem Essen fertig, aber da er nicht angesprochen werden wollte, wartete er, bis der Kapitän das Gewölbe verlassen hätte. Endlich trat der Kapitän auf ihn zu und sagte:

»Du bist Esteban oder Manuel, nicht wahr? Ihr habt mir einmal beim Löschen der Ladung geholfen. Ich bin der Kapitän Alvarado.«

»Ja«, sagte Esteban.

»Wie geht es euch?«

Esteban murmelte etwas.

»Ich suche ein paar kräftige Burschen, die mich auf meiner nächsten Fahrt begleiten wollen.« Pause. »Willst du mitkommen?« Längere Pause. »Holland. Und Rußland. Harte Arbeit. Guter Lohn . . . Weit weg von Peru . . . Nun?«

Esteban hatte offensichtlich nicht zugehört. Er saß da und hielt den Blick auf die Tischplatte geheftet.

Endlich erhob der Kapitän seine Stimme, als spräche er zu einem Schwerhörigen: »Ich frage: Willst du mitkommen auf meine nächste Reise?«

»Ja, ich will mit Euch kommen«, antwortete Esteban plötzlich.

»Gut. Sehr gut. Deinen Bruder will ich natürlich auch mithaben.«

»Nein.«

»He, was heißt das? Wird er nicht auch kommen wollen?«

Esteban murmelte etwas und blickte weg. Dann erhob er sich halb und sagte: »Ich muß jetzt gehn. Ich hab' etwas mit jemand zu besprechen.«

»Laß mich selbst mit deinem Bruder reden! Wo ist er?«

». . . tot«, sagte Esteban.

»Oh, das hab' ich nicht gewußt. Wirklich nicht. Das tut mir leid.«

»Ja«, sagte Esteban. »Ich muß gehn.«

»Hm . . . Welcher von euch bist du? Wie ist dein Name?«

»Esteban.«

»Wann ist Manuel gestorben?«

»Oh, erst vor . . . erst vor ein paar Wochen. Er hat sich das Knie an etwas wundgerissen und . . . und . . . vor ein paar Wochen.«

Beide hielten sie die Augen zu Boden gesenkt.

»Wie alt bist du, Esteban?«

»Zweiundzwanzig.«

»Gut. Also das ist abgemacht. Du kommst mit mir.«

»Ja.«

»Du wirst vielleicht die Kälte nicht gewohnt sein?«
»O ja, ich bin sie gewohnt. – Aber ich muß jetzt gehn. Ich muß in die Stadt und jemand wegen etwas aufsuchen.«
»Schön, Esteban. Komm hierher zurück zum Abendessen, und dann wollen wir über die Reise reden. Komm hierher zurück und trink ein wenig Wein mit mir. Willst du?«
»Ja.«
»Geh mit Gott!«
»Geht mit Gott!«
Sie aßen miteinander zu Nacht, und es wurde zwischen ihnen vereinbart, daß sie am nächsten Morgen nach Lima aufbrechen wollten. Der Kapitän machte ihn sehr betrunken. Anfangs schenkte er ihm wortlos ein, und sie tranken, und er schenkte ihm wieder ein, und sie tranken wieder, ohne ein Wort. Dann begann der Kapitän zu sprechen: von Schiffen und davon, wie sie Kurs halten. Er stellte Esteban Fragen über das Takelzeug und über die Leitsterne. Danach begann Esteban von anderen Dingen zu reden, sehr laut zu reden.
»Auf dem Schiff müßt Ihr mir allezeit etwas zu arbeiten geben. Ich will alles tun, was immer es ist. Ich will hoch hinaufklettern und die Taue festmachen; und ich will Wache halten die ganze Nacht; weil . . . wißt Ihr, weil ich ohnehin nicht schlafen kann. Und auf dem Schiff, Kapitän Alvarado, auf dem Schiff müßt Ihr so tun, als kenntet Ihr mich nicht. Tut so, als würdet Ihr mich

gradezu hassen; so sehr, daß Ihr mir immer etwas zu arbeiten gebt. Ich kann nicht mehr stillsitzen an einem Tisch und schreiben. – Und sagt den andern Burschen nichts über mich ... das heißt, über ...«

»Man hat mir erzählt, du bist in ein brennendes Haus hinein, Esteban, und hast jemand herausgeholt?«

»Ja, ich hab' mich nicht verbrannt dabei oder sonst etwas ... Wißt Ihr«, rief er, über den Tisch vorgeneigt, »man darf sich nicht töten! Ihr wißt, daß man das nicht darf? Jedermann weiß das. Aber sich in ein brennendes Haus hineinzustürzen, um jemand zu retten, das heißt doch nicht sich töten? Und wenn einer ein Matador würde, und der Stier erwischte ihn, das hieße auch nicht sich töten. Man darf nur nicht absichtlich dem Stier im Wege stehnbleiben. Habt Ihr bemerkt, daß Tiere sich nie umbringen, auch wenn sie sicher wissen, daß sie unterliegen müssen? Sie springen nicht in einen Fluß oder tun etwas dergleichen, auch wenn sie gewiß sind, daß es keinen Ausweg mehr für sie gibt. Manche Leute behaupten, daß Pferde in einen brennenden Holzstoß hineinrennen. Ist das wahr?«

»Nein, ich glaube nicht.«

»Ich auch nicht. Wir hatten einmal einen Hund ... Aber daran sollte ich jetzt lieber nicht denken. – Kapitän Alvarado, kennt Ihr Madre Maria del Pilar?«

»Ja.«

»Ich will ihr ein Geschenk geben, bevor ich abreise. Kapitän Alvarado, ich möchte, daß Ihr mir meinen ganzen Lohn auszahlt, ehe wir in See gehn. Ich werde nirgends Geld brauchen – und ich will jetzt ein Geschenk für sie kaufen. Es ist nicht ein Geschenk von mir allein . . . Sie war . . . sie war auch . . .« Hier hätte Esteban gern seines Bruders Namen genannt, vermochte es aber nicht. Statt dessen fuhr er mit leiserer Stimme fort: »Sie hat . . . sie hat einmal einen schweren Verlust erlitten. Vor langer Zeit. So hat sie gesagt. Ich weiß nicht, wer es war, und ich will ihr ein Geschenk geben. Frauen können so etwas nicht so tragen wie wir Männer.«

Der Kapitän versprach ihm, sie würden am nächsten Morgen etwas auswählen gehn. Esteban redete sehr lange davon. Endlich sah der Kapitän ihn unter den Tisch gleiten und erhob sich und trat auf den Platz vor dem Wirtshaus hinaus. Er blickte zu den Gipfeln der Anden auf und empor zu den Sternen, die sich ewiglich über den Himmel drängen. Und dort, mitten in der Luft, hing auch dies Geisterwölkchen und lächelte ihm zu, dies Geisterwölkchen mit der silberhellen Stimme, die zum tausendstenmal sagte: »Bleib nicht zu lange fort. Aber wenn du wiederkommst, werde ich schon ein großes Mädchen sein.«

Dann ging er ins Haus zurück und trug Esteban hinauf in sein Zimmer und saß neben dem Bett und blickte ihn lange an.

Am nächsten Morgen wartete er schon am Fuß der Treppe, als Esteban erschien.

»Sobald du fertig bist, brechen wir auf«, rief ihm der Kapitän zu.

Das seltsame Flackern war wieder in den Augen des Burschen. »Nein«, stieß er hervor, »ich komme nicht mit. Ich komme doch nicht mit.«

»Aië! Esteban! Du hast mir aber versprochen, daß du mitkommst.«

»Es ist unmöglich. Ich kann nicht.« Und er wandte sich und stieg die Treppen wieder hinauf.

»Komm her! Einen Augenblick, Esteban. Nur einen Augenblick.«

»Ich kann nicht mit Euch mit. Ich kann nicht weg von Peru.«

»Ich muß dir etwas sagen.«

Esteban kam herunter zu ihm.

»Was ist's mit dem Geschenk für Madre del Pilar?« fragte der Kapitän mit gedämpfter Stimme. Esteban blieb stehn und blickte nach den Bergen. »Du wirst sie doch nicht um das Geschenk bringen wollen? Es bedeutet vielleicht sehr viel für sie, weißt du . . .«

»Also gut«, murmelte Esteban, als hätte ihm das starken Eindruck gemacht.

»Ja, und außerdem ist's auf dem Meer besser als in Peru. Du kennst Lima und Cuzco und die Straße. Es gibt für dich nichts mehr kennenzulernen an alledem. Und auf dem Schiff wirst du jede Minute was zu tun haben. Ich werde schon dafür sorgen. Geh und richte deine Sachen zurecht, und dann wollen wir aufbrechen.«

Esteban versuchte eine Entscheidung zu treffen. Es war stets Manuel gewesen, der Entscheidungen getroffen hatte, und selbst Manuel hatte nie eine so schwere treffen müssen. Esteban stieg langsam die Treppe hinauf. Der Kapitän wartete unten und wartete so lange, daß er plötzlich die halbe Treppe hinaufeilte und lauschte. Stille; dann eine Reihe von Geräuschen, die seine Vorstellungsgabe sogleich zu deuten vermochte. Esteban hatte den Gips rings um einen Deckenbalken abgekratzt und war dabei, einen Strick zu befestigen. Der Kapitän stand zitternd auf der Treppe. ›Vielleicht ist's das beste‹, sagte er sich. ›Vielleicht sollte ich ihn in Ruhe lassen. Vielleicht ist's das einzig Mögliche für ihn.‹ Dann, als er ein anderes Geräusch vernahm, rannte er die Tür ein und fing den Burschen grade noch auf. »Geht! Geht!« schrie Esteban. »Laßt mich! Was kommt Ihr hier herein?« Er warf sich zu Boden. »Ich bin allein, allein, allein!« schrie er.

Der Kapitän stand daneben, das große, schlichte Gesicht zerfurcht und grau vor Weh. Er war der ungeschickteste Redner der Welt, wenn es sich nicht um Seemannsweisheit drehte, aber es gibt Augenblicke, wo sogar etwas Banales zu sagen großen Mut erfordert. Er konnte nicht gewiß sein, daß die Gestalt am Boden ihn hörte, aber er sagte: »Wir tun, was wir können. Wir müssen weiter, so gut es geht, Esteban. Es ist nicht für lange, weißt du. Die Zeit bleibt nicht stehn. Du wirst staunen, wie rasch die Zeit vergeht.«

Sie brachen nach Lima auf. Als sie die Brücke von San Luis Rey erreichten, stieg der Kapitän zu dem Wildstrom hinab, um das Hinüberschaffen eines Teils der Waren zu überwachen. Esteban aber ging über die Brücke und stürzte mit ihr.

Vierter Teil

ONKEL PIO

In einem ihrer Briefe, im XXIX., versucht die Marquesa de Montemayor den Eindruck zu beschreiben, den Onkel Pio, *unser bejahrter Harlekin,* auf sie machte. *Ich saß den ganzen Vormittag auf dem grünen Balkon und arbeitete an einem Paar Pantoffeln für Dich, mein Herz,* erzählt sie ihrer Tochter. *Da der Golddraht nicht meine ganze Aufmerksamkeit in Anspruch nahm, konnte ich indes die Emsigkeit eines Völkchens Ameisen an der Wand neben mir verfolgen. Irgendwo dahinten zerstörten sie geduldig mein Haus. Alle drei Minuten erschien ein kleiner Arbeiter aus einer Ritze und ließ ein Spänchen Holz auf den Boden hinabfallen. Dann winkte er mir mit den Fühlern zu und zog sich geschäftig in seinen Stollen zurück. Inzwischen trabten verschiedentliche seiner Brüder und Schwestern auf einer bestimmten Straße hin und her, hielten bei jeder Begegnung an, um einander die Köpfe zu reiben, oder weigerten sich ärgerlich, wenn ihr Geschäft von besonderer Wichtigkeit war. Und sogleich mußte ich an Onkel Pio denken. Warum? Bei wem sonst als bei ihm hatte ich diese selbe Gebärde gesehen, mit der er einen vorbeikommenden Abate oder den Kammer-*

diener eines Höflings anhält und, den Mund am Ohr seines Opfers, ihm etwas zuflüstert? Und richtig, noch vor der Mittagsstunde sah ich ihn auf einem seiner geheimnisvollen Gänge vorübereilen. Da ich die müßigste und kindischste aller Frauen bin, sandte ich Pepita, mir ein Stück Nougat zu kaufen, das ich auf die Ameisenstraße legte. Und ebenso sandte ich ins Café Pizarro und ließ sagen, man solle Onkel Pio zu mir schicken, falls er vor Sonnenuntergang hinkäme. Ich werde ihm die alte, verbogene Salatgabel mit dem Türkis daran geben, und er wird mir dafür eine Abschrift des neuen Spottliedes auf die D-q-a von Ol-v-s bringen. Mein Kind, Du sollst von allem das Beste haben und sollst die erste sein, die es erhält.

Und im nächsten Brief: *Mein Liebstes, Onkel Pio ist der reizendste Mann der Welt, Deinen Gemahl ausgenommen. Er ist also der zweitreizendste Mann der Welt. Seine Unterhaltungsgabe ist bezaubernd. Wenn er kein so unreputierlicher Mensch wäre, würde ich ihn zu meinem Sekretär machen. Er könnte alle meine Briefe für mich schreiben, und ganze Generationen würden aufstehen und mich geistreich nennen. Aber leider ist er so angefault von Krankheit und schlechter Gesellschaft, daß ich ihn seiner üblen Sphäre werde überlassen müssen. Er gleicht nicht nur einer Ameise, sondern auch einem Spiel abgegriffener Karten. Und ich zweifle, ob der ganze Stille Ozean ihn reinwaschen könnte. Aber welch ein göttliches Spanisch er spricht und was für erlesene Dinge er darin zu sagen weiß! Das hat eins davon, sich stets beim Theater herumzutreiben und nichts anderes zu hören als den*

Dialog Calderóns. Ach, wie ist es um diese Welt bestellt, mein Herz, daß sie solch ein Wesen so schlecht behandelt! Seine Augen blicken so traurig wie die einer Kuh, der man ihr zehntes Kalb genommen hat.

Man muß vor allem wissen, daß dieser Onkel Pio die Kammerzofe Camila Pericholes war. Er war auch ihr Gesanglehrer, ihr Friseur und Masseur, ihr Vorleser, ihr Laufbursche, ihr Bankier; ein Gerücht fügte hinzu: ihr Vater. Auch lehrte er sie ihre Rollen. In der Stadt raunte man davon, Camila könne lesen und schreiben. Das Kompliment entbehrte der Grundlage: Onkel Pio besorgte das Lesen und Schreiben für sie. Wenn die Spielzeit auf dem Höhepunkt war, setzte die Truppe jede Woche zwei, drei neue Stücke an, und da jedes eine lange und blumenreiche Rolle für die Perichole enthielt, war schon das bloße Auswendiglernen keine Kleinigkeit.

Peru hatte sich binnen fünfzig Jahren aus einem Grenzerstaat zu einem Land entwickelt, das eine Renaissance der Künste erlebte. Das Interesse für die Musik und das Theater war allgemein und stark. Lima feierte seine Festtage, indem es morgens einer Messe von Tomás Luis da Vittoria lauschte und abends den funkelnden Versen Calderóns. Die Limaner hatten einen Hang, die trivialsten Lieder in die erlesensten Komödien und manche rührselige Effekte in die erhabensten Musikstücke einzuschieben, aber zumindest setzten sie sich nie durch falsch angebrachte Ehrfurcht der

Gefahr der Langweile aus. Wenn sie keinen Gefallen an der heroischen Komödie gefunden hätten, wären sie ohne Zaudern zu Hause geblieben; und wären sie taub für polyphone Schönheiten gewesen, hätte nichts sie abgehalten, zu einer früheren Messe zu gehn. Als der Erzbischof einmal von einem kurzen Aufenthalt in Spanien zurückkehrte, fragte ganz Lima unablässig: »Was hat er mitgebracht?« Endlich verbreitete sich die Kunde, er sei mit vielen Bänden von Messen und Motetten Palestrinas, Morales' und Vittorias heimgekehrt, und auch mit fünfunddreißig Stücken des Tirso de Molina, des Ruiz de Alarcón und des Moreto. Die Stadt Lima gab ihm zu Ehren ein Fest. Die Schule der Chorknaben und der Probensaal der Comedia wurden mit Geschenken von Gemüse und Weizenmehl überschwemmt. Alle Welt wetteiferte darin, die Interpreten von so viel Schönheit zu nähren.

Dies war das Theater, auf welchem Camila Perichole sich allmählich ihren Namen machte. So reichhaltig war das Repertoire und so verläßlich der Souffleur, daß nur wenige Stücke öfter als viermal in einer Spielzeit gegeben wurden. Dem Direktor stand der ganze Blütenflor des spanischen Dramas des 17. Jahrhunderts zur Wahl, einschließlich vieler Stücke, die uns verlorengegangen sind. Um bloß die Stücke des Lope de Vega zu nennen, so war die Perichole in mehr als hundert von ihnen aufgetreten. Es gab in jenen Jahren viele bewundernswerte Schauspielerinnen in Lima, aber keine bessere. Die Limaner lebten zu weit von den Theatern Spaniens entfernt, um sich bewußt zu werden, daß sie die Beste in der ganzen Spanisch sprechenden Welt war. Sie hörten nicht auf, danach zu seufzen, einen Blick auf die Bühnensterne Madrids zu tun, die sie nie gesehn hatten und denen sie ungekannte Vorzüge zuschrieben, ohne recht zu wissen, welche. Nur ein einziger wußte mit Sicherheit, daß die Perichole eine große Darstellerin war, und dieser eine war Onkel Pio, ihr Korrepetitor.

Onkel Pio stammte aus einem guten kastilischen Haus – illegitimerweise. Im Alter von zehn Jahren war er von seines Vaters Hacienda bei Madrid durchgebrannt und ohne besonderen Eifer verfolgt worden. Seither hatte er sich stets auf eigene Faust durchgeschlagen. Er besaß die sechs Kennzeichen des echten Abenteurers: ein Gedächtnis für Namen und Gesichter, verbunden mit der Fähigkeit, die seinen zu verändern; Zungengewandtheit, unerschöpfliche Erfindungsgabe und Verschwiegenheit; die Gabe, mit Fremden ins Gespräch zu kommen; und eine Gewissenlosigkeit, die seiner Verachtung für die von ihm ausgebeuteten schläfrigen Reichen entsprang. Von seinem zehnten bis zu seinem fünfzehnten Lebensjahr verteilte er Flugzettel für die Kaufleute, hielt den Kavalieren auf der Straße die Pferde und übernahm vertrauliche Besorgungen. Von fünfzehn bis zwanzig richtete er Bären und Schlangen für Wanderzirkusse ab. Er verstand sich aufs Kochen und wußte allerlei Getränke zu brauen; er lungerte in den Einfahrten der teureren Gasthöfe herum und flüsterte den Reisenden Auskünfte ins Ohr – mitunter keine verfänglicheren, als daß eine gewisse vornehme Familie gezwungen sei, ihr Silber zu verkaufen, und auf diese Weise der Vermittlung eines Silberschmieds entraten können würde. Er machte sich bei allen Theatern der Stadt zu schaffen und konnte applaudieren für zehn. Er streute Verleumdungen aus, gegen ein Honorar von soundsoviel für eine jede. Er verkaufte Gerüchte über Ernteaussichten und den Wert von Grundstücken. Zwischen seinem zwanzigsten und seinem dreißigsten Lebensjahr fand seine Verwendbarkeit allmählich in sehr hohen Kreisen Beachtung. Er wurde von der Regierung ausgesandt, um einige kraftlose Aufstände in den Bergen anzufeuern, damit die Regierung alsbald einschreiten und sie kraftvoll unterdrücken könnte. Seine Verschwiegenheit war so tief, daß die Franzosenpartei sich seiner bediente, obgleich sie wußte, auch die österreichische Partei mache Gebrauch von seinen Diensten. Er hatte lange Unterredungen mit der Prinzessin von Ursins, aber er kam und ging über die Hintertreppe. Während dieser Zeit war er nicht mehr genötigt, Kavalieren ihr Pläsier zu verschaffen und Verleumdungen auszusäen.

Nie trieb er etwas länger als ein paar Wochen, nicht einmal wenn ungeheure Gewinne dabei zu erwarten standen. Er hätte Zirkuseigentümer werden können,

Theaterdirektor, Kuriositätenhändler, Importeur italienischer Seiden, Sekretär in einem adeligen oder bischöflichen Palast, Fourageur der Armee, Häuserspekulant und Makler in Ausschweifungen und Lustbarkeiten. Aber durch einen Zufall oder durch ein frühes Ideal seiner Jugend schien seinem Wesen ein eigenartiger Zug eingeprägt zu sein, eine Abneigung dagegen, sich an etwas zu binden und langdauernde Verpflichtungen erfüllen zu müssen. Dies war es auch, was ihn zum Beispiel vom Stehlen abhielt. Er hatte mehrmals Diebstähle begangen, aber der Gewinn hatte seine Angst vor dem Eingesperrtwerden nicht aufgewogen; er besaß genug Verschlagenheit, allen Bütteln der Welt zu entwischen, aber nichts vermochte ihn vor der Geschwätzigkeit seiner Freunde zu schützen. Eine Zeitlang war ihm nichts andres übriggeblieben, als Spitzeldienste für die Inquisition zu verrichten; als er aber mehrere seiner Opfer in Kapuzen vorbeigeführt gesehn hatte, fühlte er, daß er sich am Ende in eine Institution verstricken könnte, deren Schachzüge sich auch nicht annähernd voraussehn ließen.

Schon als er sich den Zwanzig näherte, war ihm klargeworden, daß es in seinem Leben drei Ziele gab. Da war vor allem dieses Bedürfnis nach Unabhängigkeit, das in eine ganz merkwürdige Form gekleidet war, nämlich in den Wunsch, immer ein andrer und geheimnisvoll und allwissend zu scheinen. Er war bereit, auf die Würden des öffentlichen Lebens zu verzichten, wenn er insgeheim zu fühlen vermochte, daß er auf die Menschen aus großer Entfernung hinabblicke und mehr von ihnen wisse, als sie selbst von sich wußten, – ein Wissen, das sich zuweilen in Taten umsetzte und ihn zu einem Drähtezieher in Angelegenheiten des Staates oder privater Personen machte. Zweitens wollte er immer in der Nähe schöner Frauen weilen, deren Anbeter im besten und schlechtesten Sinn er stets war. Ihnen nahe zu sein war für ihn so nötig wie das Atmen. Seine Anbetung von Schönheit und Anmut war für aller Blicke und Gespött offenbar, und die Damen vom Theater und vom Hof und in den Häusern der Freude schätzten sein Kennertum. Sie quälten ihn und beschimpften ihn und baten ihn um Rat und fanden eine ganz seltsame Beruhigung in seiner absurden Ergebenheit. Er duldete großherzig ihre Wutausbrüche und Gemeinheiten und ihre tränenreichen Konfidenzen; er verlangte einzig und allein, ohne Umstände vorgelassen zu werden, Vertrauen zu genießen, ihnen ihre Briefe schreiben zu dürfen und wie ein anhänglicher, ein wenig närrischer Hund die Erlaubnis zu haben, in ihren Wohnungen ein und aus zu laufen. Er war, was ihre Gedanken und Gefühle betraf, unersättlich neugierig. Er erwartete von ihnen keine Liebe (wenn wir das Wort hier in einem bestimmten Sinn verstehn wollen); für die trug er sein Geld in dunklere Stadtteile; denn er wirkte stets jämmerlich uneinnehmend mit seinem dünnen Schnurrbart und spärlichen Knebelbärtchen und seinen großen, lächerlich traurigen Augen. Jene Damen aber waren seine Schäflein; von ihnen erhielt er den Namen Onkel Pio, und es geschah, sobald sie in Nöten waren, daß sich sein Wesen am tiefsten enthüllte. Wenn sie in Ungnade fielen, lieh er ihnen Geld; wenn sie erkrankten, überdauerte er die erlahmende Ergebenheit ihrer Liebhaber und die Ungeduld ihrer Zofen; wenn Alter oder Siechtum sie ihrer Schönheit beraubte, diente er ihnen weiter, um des Angedenkens ihrer Schönheit willen; und wenn sie starben, war es seine aufrichtige Trauer, die ihnen auf ihrem letzten Wege so weit als möglich das Geleite gab.

Drittens aber wollte er in der Nähe von Leuten weilen, welche die spanische Literatur und deren Meisterwerke, besonders die dramatischen, liebten. Er hatte all diese Schätze ganz allein entdeckt – durch Entlehnungen und Diebstähle aus den Büchereien seiner Gönner – und weidete sich heimlich an ihnen, sozusagen hinter den Kulissen seines wüsten Lebens. Er hegte Verachtung für die hohen Herrschaften, die bei all ihrer Bildung und Lebensart weder Liebe noch Staunen zeigten angesichts der Wunder von Wortkunst im Calderón oder Cervantes. Er hätte sehnlichst gern selber gedichtet. Es wurde ihm nie bewußt, daß viele der Einlagen, die er für die Vaudevilles geschrieben hatte, zu Volksliedern geworden waren und allerwärts die Landstraßen entlang wanderten.

Einer Rauferei wegen, wie sie so leicht in Freudenhäusern entsteht, wurde ihm das Leben ein wenig zu schwierig, und er verzog nach Peru. Onkel Pio in Peru war beinahe noch vielseitiger als Onkel Pio in Europa. Auch hier befaßte er sich mit Grundstücken und Zirkussen, Kuppeleien, Aufständen und Antiquitäten. Eine chinesische Dschunke war durch einen Sturm von Kanton nach Amerika verschlagen worden; er schleppte die Ballen dunkelroten Porzellans vom Strand herauf und verkaufte die Täßchen an Sammler von Kuriositäten. Er spürte die unübertrefflichen Heilmittel der Inkas auf und begann einen einträglichen Handel mit Pillen. Binnen vier Monaten kannte er fast jedermann in Lima, und bald fügte er diesen Bekanntschaften die Bewohner Dutzender von Küstenorten, Bergarbeiterlagern und Siedlungen im Landesinnern hinzu. Seine vorgebliche Allwissenheit wurde immer glaubhafter. Es währte nicht lange, und der Vizekönig entdeckte Onkel Pio samt all diesem Reichtum an Kenntnissen; er nahm seine Dienste für viele Geschäfte in Anspruch. Bei dem sonstigen Schwinden seiner Urteilskraft war Don Andrés diese eine Gabe verblieben: er war ein Meister in der Kunst, mit Konfidenten umzugehn. Er behandelte Onkel Pio mit viel Takt und einiger Selbstverleugnung; er begriff, welche Aufträge man ihm lieber nicht erteilte, und er hatte Verständnis für sein Bedürfnis nach Abwechslung und Unterbrechung. Onkel Pio hinwiederum war immerzu verwundert, daß der Vizekönig seine Stellung so wenig dazu ausnützte, mit andrer Menschen Schicksalen um des Machtgefühls oder einer Laune willen zu spielen. Dagegen lobte der Diener den Herrn, weil der aus jeder Vorrede des Cervantes zu zitieren wußte und noch immer ein wenig kastilisches Salz auf der Zunge hatte. So manchen Morgen betrat Onkel Pio den Palast durch Korridore, wo er an niemand vorbei mußte als etwa an einem Beichtvater oder einem vertrauten Bravo, und saß dann beim Vizekönig, während der die Frühstücksschokolade einnahm.

Aber mit all seiner Geschäftigkeit wurde Onkel Pio bei nichts reich. Man könnte sagen, er gab ein Unternehmen auf, sobald es zu blühen drohte. Es wußte zwar niemand davon, aber er besaß ein Haus. Es war voll von Hunden, die sich da vermehren konnten, und das oberste Stockwerk war allerlei Arten von Vögeln vorbehalten. Aber sogar in diesem seinem eigensten Reich war er einsam und war stolz auf seine Vereinsamung, als wohnte solchem Alleinsein eine gewisse Überlegenheit inne. Zuletzt geriet er an ein Abenteuer, das ihm wie ein seltsames Geschenk des Himmels zufiel und alle jene drei Dinge in sich vereinigte, die seinen Lebenszweck bildeten: seine Leidenschaft, das Leben andrer Menschen zu lenken, seine Anbetung schöner Frauen und seine Bewunderung für die Schätze der spanischen Literatur. Er entdeckte Camila Perichole. Ihr wirklicher Name war Micaela Villegas. Mit zwölf

Jahren sang sie in den Cafés, und Cafés waren stets Onkel Pios Element gewesen. Als er nun so zwischen den Gitarrespielern saß und das linkische Mädchen beobachtete, das da Bänkellieder sang und dabei jeden Tonfall der vor ihr aufgetretenen, erfahreneren Sänger nachahmte, setzte sich in seinem Kopf der Entschluß fest, Pygmalion zu spielen. Er kaufte Micaela los. Statt im Weinverschlag eingesperrt zu schlafen, erbte sie nun eine Bettstatt in seinem Haus. Er schrieb Lieder für sie, lehrte sie die Qualität ihres Tons hören und kaufte ihr ein neues Kleid. Anfangs merkte sie bloß, daß es wundervoll war, nicht mehr geprügelt zu werden, warme Suppen vorgesetzt zu erhalten und in etwas unterrichtet zu werden. Wer aber wirklich geblendet war, das war Onkel Pio. Sein unüberlegtes Experiment gedieh über alle Vorhersage gut. Die kleine, schweigsame und stets ein wenig mürrische Zwölfjährige schlang die Arbeit geradezu in sich hinein. Er forderte endlose Übungen in Spiel und Mimik; er stellte ihr immer wieder die Aufgabe, den Zuhörern die Atmosphäre eines Lieds zu vermitteln; er nahm sie ins Theater mit und weckte ihre Aufmerksamkeit für alle Einzelheiten der Darstellung. Die größte Erschütterung aber sollte ihm durch das Weib in Camila werden. Die langen Arme und Beine stimmten sich zuletzt auf einen Körper von vollkommener Anmut ab. Das beinahe groteske, hungrige Gesicht wurde schön. Camilas ganzes Wesen wurde sanft und geheimnisvoll und seltsam weise; und es wandte sich ganz ihm zu. Sie konnte keinen Fehler an ihm finden und war ihm in unbedingter Treue ergeben. Die beiden liebten einander innig, doch ohne Leidenschaft. Er achtete den leichten, unruhigen Schatten, der ihr Gesicht überflog, wenn er ihr zu nahe kam. Aber gerade solchem Entsagen entstieg ein Duft von Zärtlichkeit, dieses Geisterbild von Leidenschaft, das auch beim unerwartetsten Verhältnis zweier Menschen ein ganzes, sogar beschwerlichster Pflicht gewidmetes Leben dahingleiten machen kann wie ein schöner Traum.

Sie zogen viel umher auf der Suche nach immer anderen Tavernen, denn Neuheit ist stets die stärkste Anziehungskraft einer Sängerin der Cafés. Sie gingen nach Mexiko, ihre paar Habseligkeiten in ein und dasselbe alte Wolltuch gewickelt; sie schliefen am Meeresstrand; in Panama wurden sie gestäupt; sie erlitten Schiffbruch an einer winzigen Insel des Stillen Ozeans, die ganz von Vogelmist bedeckt war. Sie wanderten durch Urwälder und suchten sich behutsam ihren Weg zwischen Schlangen und Vielfüßlern. In einer schlechten Spielzeit verdangen sie sich als Erntearbeiter. Nichts in der Welt war ihnen eine besondere Überraschung.

Dann begann für das Mädchen eine noch härtere Schule, eine Lebensordnung, die mehr der Ausbildung einer Akrobatin ähnelte. Die Unterweisung gestaltete sich dadurch ein wenig schwieriger, daß Camilas Aufstieg zur Berühmtheit ein äußerst rascher war und die Gefahr bestand, daß der ihr gezollte Beifall sie vorzeitig mit ihren Leistungen zufrieden machen könnte. Onkel Pio prügelte sie zwar nie, aber er wendete einen Sarkasmus an, der seine eigenen Schrecken besaß.

Nach Schluß einer Vorstellung geschieht es oft, daß Camila bei der Rückkehr in ihre Garderobe Onkel Pio vorfindet, wie er in einem Winkel sitzt und gleichmütig vor sich hin pfeift. Camila durchschaut seine Pose sogleich und ruft ärgerlich: »Was gibt's? Heilige Mutter Gottes, was gibt's nur jetzt wieder?«

»Nichts, kleine Perle. Nichts, meine Camila aller Camilas, gar nichts.«

»O ja! Irgend etwas hat dir nicht gefallen. Du Scheusal mußt stets etwas auszusetzen finden! Also los, nur heraus damit! Ich bin auf alles gefaßt!«

»Nein, kleiner Frosch, nein, du anbetungswürdiger Morgenstern, ich glaube, du hast geleistet, was du vermagst.«

Die Andeutung, daß ihr Künstlertum begrenzt sei und gewisse Vollkommenheiten ihr auf immer verschlossen bleiben würden, verfehlt nie, Camila rasend zu machen. Sie bricht in Tränen aus: »Ich wollte, ich hätte dich nie gekannt! Du vergiftest mein ganzes Leben. Du bildest dir bloß ein, ich war nicht gut. Es macht dir Vergnügen, so zu tun, als hätte ich schlecht gespielt. Das kenne ich schon, also schweig lieber!«

Onkel Pio pfeift weiter.

»Übrigens weiß ich, daß ich heute abend nicht besonders gut war. Du brauchst es mir nicht erst zu sagen.

So! Und jetzt geh! Ich will dich nicht immer um mich sehn. Es ist schwer genug, diese Rolle zu spielen, auch ohne dich nachher hier vorzufinden.«

Plötzlich beugt sich Onkel Pio zu ihr und fragt mit zorniger Eindringlichkeit: »Warum hast du die Szene mit dem Gefangenen so schnell gesprochen?«

Noch mehr Tränen bei der Perichole: »O Gott, laß mich in Frieden sterben! Den einen Tag sagst du mir, ich soll schneller sprechen, den nächsten, langsamer. Aber übers Jahr werde ich ohnedies verrückt geworden sein; dann wird es darauf nicht ankommen.«

Noch mehr Pfeifen.

»Übrigens hat das Publikum applaudiert wie noch nie! Hörst du? *Wie noch nie!* Da hast du's! Ob zu schnell oder zu langsam, das macht den Leuten gar nichts aus. Sie waren zu Tränen gerührt. Ich war gottvoll. Mehr kümmert mich nicht. Also sei jetzt endlich still! – Sei still!«

Er ist vollkommen still.

»Du kannst mir das Haar kämmen, aber wenn du noch ein einziges Wort sagst, spiel' ich überhaupt nicht mehr. Dann kannst du dir eine andre suchen, verstanden?«

Zehn Minuten lang kämmt er beruhigend ihr Haar und tut, als hörte er das Schluchzen nicht, das ihren erschöpften Leib erschüttert. Endlich wendet sie sich schnell herum, ergreift seine Hand und küßt sie ungestüm. »War ich wirklich so schlecht, Onkel Pio? Hab'

ich dir Schande gemacht? War es so arg, daß du aus dem Theater gegangen bist?«
Nach einer langen Pause gibt Onkel Pio abwägend zu: »In einer Szene auf dem Schiff warst du gut.«
»Aber ich hab' schon besser gespielt, Onkel Pio. Erinnerst du dich des Abends, als du aus Cuzco zurückkamst?«
»Du warst recht gut gegen Schluß.«
»Ja? War ich das?«
»Aber, meine Blume, meine Perle, was war bloß in der Szene mit dem Gefangenen?«
Hier wirft sich die Perichole über den Tisch, mitten zwischen die Schminktöpfe und Pomaden, und wird von einem gewaltigen Weinkrampf geschüttelt. Nur Vollkommenheit genügt, einzig Vollkommenheit. Und die ist ihr nie beschieden.
Dann beginnt Onkel Pio mit leiser Stimme und redet stundenlang, zergliedert das Stück, geht auf eine Menge Feinheiten in Stimme, Gebärde und Tempo ein, und so bleiben sie beide dort oft bis zur Morgendämmerung und sprechen einander die edlen Verse Calderóns vor.
Wem suchten diese zwei zu gefallen? Nicht dem Publikum von Lima; das hatten sie längst befriedigt. Wir kommen aus einer Welt, in der wir unglaubliche Maßstäbe der Vollkommenheit gekannt haben, erinnern uns undeutlich der Schönheiten, die wir nie festzuhalten vermochten, und kehren wieder in jene Welt zu-

rück. Onkel Pio und Camila Perichole quälten sich mit dem Versuch, in Peru die Musterbühne eines Himmels zu errichten, in den ihnen Calderón vorausgegangen war. Das Publikum, für welches Meisterwerke geschrieben werden, ist nicht auf Erden zu finden.

Mit der Zeit verlor Camila etwas von diesem Aufgehn in ihrer Kunst. Eine gewisse, stets wiederkehrende Verachtung für die Schauspielerei machte sie nachlässig. Schuld daran war die Armut des klassischen spanischen Dramas an interessanten Frauenrollen. Zu einer Zeit, als die um die Höfe Englands und Frankreichs (und, ein wenig später, Venedigs) gescharten dramatischen Dichter das Repertoire von Frauenrollen durch Studien in Witz, Anmut, Leidenschaft und Hysterie bereicherten, hatten die Dramatiker Spaniens nur Augen für ihre Helden: Edelleute, die von einander widerstreitenden Geboten der Ehre hin und her gerissen werden oder, als Sünder, im letzten Augenblick zum Kreuze zurückfinden. Eine Reihe von Jahren erschöpfte sich Onkel Pio im Suchen nach Mitteln, die Perichole für die Rollen, die ihr zufielen, zu interessieren. Einmal hatte er Camila ankündigen können, daß eine Enkelin Vico de Barreras in Peru eintreffen werde. Onkel Pio hatte längst seine Verehrung für große Dichter Camila eingeimpft, und Camila bezweifelte niemals seine Ansicht, daß sie ein wenig höher als die Könige und nicht tiefer als die Heiligen ständen. So kam es, daß die beiden in großer Aufregung ein Stück des Meisters wählten, um es vor seiner Enkelin aufzuführen. Sie probten die Dichtung an die hundert Male, bald in der großen Freude des Schaffens, bald in Niedergeschlagenheit. Am Abend der Aufführung ließ sich Camila, die zwischen den Falten des Vorhangs hindurchlugte, von Onkel Pio die kleine, schon ein wenig ältliche Frau zeigen, die abgehärmt war von den Sorgen des Geldmangels und einer kinderreichen Ehe; Camila aber vermeinte alle Schönheit und Würde der Welt vor sich zu sehn. Als sie auf die Verse wartete, die ihrem Auftritt vorausgingen, hielt sie Onkel Pio in ehrfürchtigem Schweigen umschlungen, und ihr Herz klopfte laut. Während der Zwischenakte zog sie sich in einen dunklen Winkel der Requisitenkammer zurück, wo niemand sie fände, und saß dort und starrte vor sich hin. Am Schluß der Vorstellung führte Onkel Pio die Enkelin Vico de Barreras in Camilas Garderobe. Camila stand inmitten der an den Wänden hängenden Kostüme und weinte vor Glück und Scham. Zuletzt warf sie sich auf die Knie und küßte die Hände der älteren Frau, und die ältere küßte die ihren, und während das Publikum heim und schlafen ging, blieb die Besucherin und erzählte Camila die kleinen Anekdoten über Vicos Werk und Gewohnheiten, die in der Familie überliefert waren.

Am glücklichsten war Onkel Pio, wenn eine neue Schauspielerin in die Truppe eintrat, denn die Entdekkung eines neuen Talents an ihrer Seite verfehlte nie, die Perichole aufzurütteln. Onkel Pio, der sich ganz hinten im Zuschauerraum vor boshafter Freude krümmte, schien es, als wäre der Körper der Perichole eine Alabastervase geworden, in die man ein starkes Licht gestellt hatte. Ohne ihre Zuflucht zu Mätzchen oder falschem Pathos zu nehmen, setzte sie alles daran, den Neuankömmling völlig in den Schatten zu stellen. Wenn das Stück eine Komödie war, wurde sie der wahre Inbegriff von Witz und Laune, wenn aber (was wahrscheinlicher war) eine Tragödie gekränkter Frauen und unversöhnlichen Hasses, dann erglühte förmlich die ganze Bühne von Camilas Leidenschaftlichkeit. Ihr Wesen wirkte so elektrisierend, daß ein Erschauern das Publikum überlief, sobald sie bloß ihre Hand in die eines Mitspielers legte. Aber solche Abende höchster Vollkommenheit wurden immer seltener. Je gediegener ihre Technik wurde, desto weniger nötig hatte sie echtes, aufrichtiges Spiel. Sogar wenn sie zerstreut war, merkten die Zuhörer den Unterschied nicht, und nur Onkel Pio war bekümmert.

Camila hatte ein sehr schönes Gesicht, oder vielmehr: es war schön, außer in Ruhe. Da konnte man mit Verwunderung entdecken, daß die Nase sehr lang und schmal, der Mund müde und ein wenig kindisch war, die Augen unzufrieden blickten – ein fast unansehnliches Bauernmädel, hergeschleppt aus den *cafés chantants* und völlig außerstande, die Forderungen ihrer Kunst, ihrer Begierden und Träume und ihres übermäßigen

Tagwerks in Einklang zu bringen. Die waren jedes eine Welt für sich, und der Widerstreit zwischen ihnen hätte eine weniger zähe Natur bald zu Verdummung oder Banalität heruntergebracht. Wie wir gesehn haben, kannte die Perichole, trotz ihrer Unzufriedenheit mit ihren Rollen, die Freude sehr wohl, die dem Theaterspielen innewohnen kann, und wärmte sich von Zeit zu Zeit an dieser Flamme. Häufiger aber wurde sie von der Flamme der Liebe angezogen, wenngleich mit keiner größeren Verbürgtheit des Glücklichseins, – bis endlich Jupiter selbst ihr ein Perlenhalsband sandte.

Don Andrés de Ribera, der Vizekönig von Peru, war das Überbleibsel eines entzückenden Menschen, den die Freuden der Tafel und des Alkovens, eine Grandenwürde und zehn Jahre des Exils gebrochen hatten. Als junger Mann hatte er Gesandtschaften nach Versailles und Rom begleitet; er hatte in den österreichischen Kriegen gekämpft; er war am Heiligen Grab gewesen; er war der kinderlose Witwer einer ungeheuer dicken und reichen Frau; er hatte ein wenig gesammelt: Münzen, Weine, Schauspielerinnen, Orden und Landkarten. Von der Tafel hatte er die Gicht bekommen, vom Alkoven eine Neigung zu krampfartigen Anfällen, von seiner Grandenwürde einen so ungeheuren und knabenhaften Stolz, daß er selten vernahm, was man zu ihm sprach, und in einem unaufhörlichen Monolog zur Zimmerdecke redete; vom Exil ein Meer der Langweile, so überwältigender Langweile, daß sie einem Schmerz gleichkam, – er erwachte mit ihr und brachte den Tag mit ihr zu, und sie saß die ganze Nacht an seinem Bett und behütete seinen Schlaf. Camila hatte schon Jahre in dem arbeitsreichen, durch ein paar unordentliche Liebschaften gewürzten Werkeltag des Theaters verbracht, als diese olympische Persönlichkeit (sein Gesicht und Gehaben hätten ihn befähigt, Götter und Heroen auf der Bühne zu verkörpern) sie auf einmal zu den ergötzlichsten Mitternachtmählern in den Palast verpflanzte. Wider alle Traditionen der Bühne und des Hofs, vergötterte sie ihren ältlichen Verehrer; sie glaubte auf ewig glücklich zu sein. Don Andrés lehrte die Perichole vielerlei, und für ihren regen, hungrigen Geist war das eine der süßesten Ingredienzien der Liebe. Er lehrte sie etwas Französisch; und nett und reinlich zu sein; und die rechten Umgangsformen. Onkel Pio hatte ihr beigebracht, wie sich große Damen bei besonderen Gelegenheiten benehmen; Don Andrés lehrte sie, wie sie sich gehnlassen. Onkel Pio und Calderón hatten sie in herrlichem Spanisch geschult; Don Andrés unterwies sie in der elegant nachlässigen Redeweise von *El Buen Retiro*.

Onkel Pio machte sich Sorgen ob der Einladung Camilas in den Palast. Er hätte es bei weitem vorgezogen, wenn sie sich auch fernerhin ihre kleinen vulgären Liebesaffären aus der Requisitenkammer des Theaters geholt hätte. Als er aber gewahrte, daß ihre Kunst eine neue Vollendung gewann, war er es zufrieden. Da saß er dann im Hintergrund des Zuschauerraums und wiegte sich schier vor Vergnügen und Freude auf seinem Sitz, wenn er die Perichole dabei beobachtete, wie sie der Zuhörerschaft zu verstehn gab, daß sie in der großen Welt verkehre, von der die Dramatiker schrieben. Sie hatte jetzt eine neue Art, ein Weinglas anzufassen, einen Abschiedsgruß zu tauschen, zur Tür hereinzukommen; eine neue Art, die alles besagte. An nichts sonst war Onkel Pio gelegen. Was gibt es Entzückenderes auf der Welt (so hätte er euch gefragt) als ein schönes Weib, das einem spanischen Meisterwerk gerecht wird? Eine Darstellung, randvoll von feinsten Beobachtungen, in der schon die Pausen zwischen den Worten Offenbarungen über das Leben und den Text sind, und erzielt durch eine herrliche Stimme, fehlerlose Haltung, beträchtliche persönliche Schönheit und unwiderstehliche Anmut? »Wir wären beinahe bereit, dieses Wunder nach Spanien zu bringen«, murmelte er dann vor sich hin. Nach der Vorstellung ging er hinter die Bühne in ihre Garderobe und sagte: »Sehr gut! Sehr gut!« Aber ehe er sich verabschiedete, wußte er die Frage anzubringen, wo, bei allen elftausend Jungfrauen von Köln, sie diese affektierte Art, *Excelencia* zu sagen, herhabe.

Nach einiger Zeit fragte der Vizekönig die Perichole, ob es sie unterhalten würde, einige verschwiegene Gäste bei ihren Mitternachtmählern zu sehn, und ob sie gern den Erzbischof kennenlernen wolle.

Camila war entzückt. Der Erzbischof war entzückt. Noch vor der ersten Begegnung sandte er der Schauspielerin einen Smaragdanhänger, so groß wie eine Spielkarte.

In der Stadt Lima gab es ein Etwas, das in viele Ellen violetter Seide eingehüllt war, aus der ein großer, gedunsener Kopf und ein Paar plumper perlblasser Hände ragten, – und das war ihr Erzbischof. Zwischen den umgebenden Fleischwülsten blickten zwei schwarze Augen hervor, aus denen Unbehagen, Güte und Witz sprachen. Ein seltsames und heißes Herz war in all diesem Speck eingekerkert, aber da es sich niemals einen Fasan oder eine Gans oder den täglichen Aufmarsch römischer Weine versagte, war es sein eigener grimmiger Kerkermeister. Der Erzbischof liebte seine Kathedrale und liebte seine Pflichten; er war sehr fromm. An manchen Tagen betrachtete er reuevoll seine Unförmigkeit; aber die Qual der Reue war weniger durchdringend als die Qual des Fastens, und er befand sich alsbald wieder in Nachsinnen über die geheimen Botschaften, die ein bestimmter Braten einem bestimmten Salat, der ihm folgen soll, sendet. Und um sich zu bestrafen, führte er in jeder andern Beziehung ein mustergültiges Leben.

Er hatte die ganze Literatur der Antike studiert und alles davon vergessen, bis auf eine unbestimmte Erinnerung an Bezauberung und Enttäuschung. Er war in den Kirchenvätern und Konzilen bewandert gewesen und

hatte die alle vergessen, bis auf einen verschwommenen Eindruck von Meinungsstreitigkeiten, die nichts mit Peru zu tun hatten. Er hatte alle Meisterwerke der Libertins Italiens und Frankreichs gelesen und las sie jedes Jahr von neuem; sogar als er an den Qualen des Steins litt (der sich durch das Trinken der Quelle von Santa Maria de Cluxambuqua glücklicherweise auflöste), konnte er nichts Stärkenderes finden als die Anekdoten Brantômes und des göttlichen Aretino.
Der Erzbischof wußte, daß die meisten Priester Perus Schurken waren. Seine ganze feine, epikureische Erziehung war erforderlich, ihn davon abzuhalten, irgendwie dagegen einzuschreiten; er mußte sich immer wieder seine Lieblingsideen vor Augen halten: daß die Ungerechtigkeit und das Unglück in der Welt konstante Größen seien; daß die Theorie vom Fortschritt eine Selbsttäuschung sei; daß die Armen, da sie Glück nie gekannt haben, unempfindlich gegen Unglück seien. Gleich allen Reichen konnte er sich nicht zu dem Glauben bringen, daß die Armen (seht doch bloß ihre Häuser, ihre Kleider!) wirklich leiden können. Gleich allen Gebildeten glaubte er, daß man nur von den Vielbelesenen behaupten könne, sie *wüßten* es, wenn sie unglücklich sind. In einem der Fälle, wo die Mißbräuche in seinem Erzbistum zu seiner Kenntnis gebracht wurden, unternahm er beinahe etwas. Er hatte soeben erfahren, daß es in Peru für einen Priester fast zur Regel geworden war, für eine halbwegs gute Absolution

zwei Maß Mehl zu erpressen, und für eine wirklich wirksame fünf. Er bebte vor Entrüstung; er brüllte seinem Sekretär zu, das Schreibzeug herbeizuschaffen, und kündigte an, daß er einen niederschmetternden Brief an seine Hirten diktieren werde. Aber es fand sich keine Tinte mehr im Tintenfaß; und auch nicht im nächsten Zimmer; und auch nicht im ganzen Palast. Diese Lage der Dinge in seinem Haushalt regte den guten Mann dermaßen auf, daß er durch die zwiefache Wut erkrankte und so lernte, sich vor Entrüstung zu hüten.

Die Zuziehung des Erzbischofs zu den Nachtmählern war ein solcher Erfolg, daß Don Andrés bereits an neue Namen zu denken begann. Onkel Pio war ihm immer unentbehrlicher geworden, aber er wartete, bis Camila aus eigenem Antrieb seine Aufnahme vorschlug. Und nach angemessener Zeit brachte dann Onkel Pio diesen Wanderer der Meere mit, den Kapitän Alvarado. Gewöhnlich war die Tafelrunde schon mehrere Stunden versammelt, bevor sich Camila nach der Vorstellung ihr gesellen konnte. Sie kam dann gegen ein Uhr, strahlend, mit Juwelen geschmückt und sehr müde. Die vier Männer empfingen sie wie eine große Königin. Eine Stunde lang lenkte sie die Konversation, allmählich aber neigte sie sich immer mehr gegen Don Andrés' Schulter und folgte so dem Gespräch, wie es von einem der humorvoll gefältelten Gesichter zum andern flitzte. Die ganze Nacht hindurch redeten sie und trösteten insgeheim ihre Herzen, die sich stets nach Spanien sehnten, und sagten einander, daß solch ein Symposium dem Wesen der hochfliegenden spanischen Seele entspreche. Sie unterhielten sich über Geister und das Zweite Gesicht, über das Aussehn der Erde, ehe der Mensch auf ihr erschienen war, und über die Möglichkeit des Zusammenstoßens zweier Planeten; sie sprachen darüber, ob man die Seele sehen könne wie eine Taube, die im Augenblick des Todes davonflattere; sie warfen die Frage auf, ob es bei der Wiederkehr Christi nach Jerusalem lange währen würde, ehe Peru die Nachricht erhielte. Sie redeten bis zum Sonnenaufgang von Königen und Kriegen, von Dichtern und Gelehrten und von fremden Ländern. Ein jeder schüttete in die Unterhaltung seinen Vorrat an traurigweisen Anekdoten und sein trockenes Bedauern für das Menschengeschlecht. Die Flut goldenen Lichts brach hinter den Anden hervor, drang durch das große Fenster und fiel auf die gehäuften Fruchtschüsseln, den befleckten Brokat auf dem Tisch und die süße, nachdenkliche Stirn der Perichole, die schlafend an den Ärmel ihres Beschützers gelehnt saß. Dann entstand meist eine lange Pause, weil keiner ein erstes Zeichen des Aufbruchs geben wollte, und die Blicke aller ruhten auf dem fremdartigen schönen Vogel, der da in ihrer Mitte weilte. Onkel Pios Blick aber war während der ganzen Nacht immer wieder zu ihr hingewandert, ein schneller Blick voller Zärtlichkeit und Besorgnis aus seinen schwarzen

Augen auf das große Geheimnis und den Sinn seines Lebens.

Allerdings ließ Onkel Pio niemals ab, Camila zu beobachten. Er teilte die Bewohner dieser Welt in zwei Gruppen ein; in solche, die geliebt, und solche, die nicht geliebt hatten. Diese waren offenbar eine grauenerregende Aristokratie, denn Menschen, die nicht die Fähigkeit zu lieben (oder vielmehr, liebend zu leiden) besaßen, konnten nicht als lebendig bezeichnet werden und hätten gewiß kein Fortleben nach ihrem Tod. Sie waren eine Art von Puppenbevölkerung, erfüllten die Welt mit ihrem sinnlosen Lachen und Weinen und Schwatzen und verschwanden, noch immer liebenswert und eitel, in die leere Luft. Für diese Unterscheidung hatte er seine eigene Erklärung der Liebe, die keiner andern glich und ihre ganze Bitterkeit und ihren ganzen Stolz aus seinem seltsamen Leben schöpfte. Er betrachtete die Liebe als etwas wie eine grausame Krankheit, welche die Erwählten gegen Ende ihrer Jugendzeit durchmachen müssen und aus ihr bleich und erschüttert, jedoch vorbereitet für das Geschäft des Lebens hervorgehn. Es gebe, so glaubte er, ein großes Repertoire von Irrtümern, in die zu verfallen, allen von dieser Krankheit Genesenen gnädig erspart bleibe. Unglücklicherweise verbleibe ihnen ein Heer von Schwächen, aber sie hielten wenigstens nie wieder (um nur zwei Beispiele zu nennen) eine liebenswürdige Umgänglichkeit für das Um und Auf der Lebensführung, sie betrachteten keinen Menschen, vom Prinzen bis zum Lakaien, je wieder als einen mechanischen Gegenstand. Onkel Pio ließ nicht ab, Camila ängstlich zu beobachten, denn ihm schien, sie sei noch nicht zu dieser Erkenntnis gelangt. Nachdem Camila dem Vizekönig vorgestellt worden war, hielt er monatelang den Atem an und wartete. Er hielt jahrelang den Atem an. Camila gebar dem Vizekönig drei Kinder, aber sie blieb sich gleich. Onkel Pio wußte, daß das erste Anzeichen ihres wahren Besitzergreifens von der Welt die Meisterung gewisser Wirkungen in ihrem Spiel wäre. Es gab gewisse Stellen in manchen Stücken, die sie eines Tages bewältigen würde, einfach und leicht und mit heimlicher Freude, weil sie an die neue, reiche Weisheit ihres Herzens anklangen; aber sie behandelte solche Stellen immer flüchtiger, um nicht zu sagen verlegener. Er sah bald, daß sie des Vizekönigs überdrüssig geworden und zu einer Reihe heimlicher Liebeshändel mit Schauspielern und Matadoren und reichen Kaufleuten der Stadt zurückgekehrt war.

Sie bekam das Theaterspielen mehr und mehr satt, und ein neues Unkraut begann in ihrem Gemüt zu wuchern: der Wunsch, eine große Dame zu sein. Sie entwickelte allmählich eine Gier nach Hochachtbarkeit und begann von ihrer Schauspielerei wie von einem Zeitvertreib zu reden. Sie legte sich eine Duenna und einige Lakaien zu und ließ sich um die Stunden, wann es Mode war, in der Kirche sehn. Sie wohnte den Preisverteilungen an der Universität bei, und ihr Name erschien unter den Spendern für wohltätige Zwecke. Sie lernte sogar ein wenig lesen und schreiben. Jeder leisesten Zurücksetzung, weil sie eine vom Theater war, begegnete sie mit wütender Herausforderung. Sie machte dem Vizekönig das Leben entsetzlich schwer mit ihrer Leidenschaft, Zugeständnisse zu erpressen und sich allmählich Vorrechte anzueignen. Das neue Laster verdrängte das alte, und sie wurde geräuschvoll tugendhaft. Sie erfand irgendwelche Eltern und zauberte einige Basen und Vettern hervor. Sie erlangte eine undokumentierte Legitimierung ihrer Kinder. In Gesellschaft befliß sie sich, wie es eine große Dame tun mochte, eines zarten, schmachtenden Magdalenentums, und bei den Bußprozessionen trug sie ihre Kerze neben Damen einher, welche nichts Schlimmeres zu bereuen hatten als einen Temperamentsausbruch oder einen verstohlenen Blick in die Bücher des Descartes. Ihre Sünde war das Theaterspielen gewesen, und jedermann weiß, daß es sogar Heilige gab, die Schauspieler gewesen waren, – zum Beispiel St. Gelasius und St. Genesius und St. Margareta von Antiochia und St. Pelagia.

Unweit von Santa Maria de Cluxambuqua lag in den Bergen ein Badeort, der in Mode war. Don Andrés war in Frankreich gereist und hatte den Gedanken gehabt, sich ein kleines Vichy zu bauen: es gab da eine Pagode, einige Gesellschaftsräume, ein Theater, eine kleine

Arena für Stierkämpfe und eine Gartenanlage im französischen Geschmack. Camilas Gesundheit hatte nie auch nur den Schatten einer Krankheit gekannt; dennoch baute sie sich eine Villa in der Nachbarschaft und trank täglich um elf Uhr das abscheuliche Wasser. Die Marquesa de Montemayor hat uns eine glänzende Schilderung dieses Opera-buffa-Paradieses hinterlassen, darin die regierende Göttin ihre ungestüme Empfindlichkeit durch die mit Muschelsand bestreuten Alleen spazierentrug und die Verehrung aller entgegennahm, die es sich nicht leisten konnten, den Vizekönig zu ärgern. Doña Maria zeichnet ein Bild dieses stolzen und müden Herrschers, der die Nächte durch um Summen spielte, mit denen man einen zweiten Escorial hätte erbauen können. Und neben ihn stellt sie das Porträt seines Sohnes, des kleinen Don Jaime der Perichole. Don Jaime war im Alter von sieben Jahren ein rachitisches kleines Geschöpf, das nicht nur seiner Mutter Stirn und Augen geerbt zu haben schien, sondern auch seines Vaters Neigung zur Epilepsie. Er ertrug sein Leiden mit der stummen Verwunderung eines Tiers, und gleich einem Tier schämte er sich tödlich, wenn sich die Anfälle in der Öffentlichkeit ereigneten. Er war so schön, daß die abgedroscheneren Mitleidsphrasen in seiner Gegenwart verstummten, und langes Nachdenken über sein Ungemach hatte seinem Gesicht eine geduldige und befremdende Würde verliehen. Seine Mutter kleidete ihn in granatroten Samt, und wenn er es imstande war, folgte er ihr überallhin in einer Entfernung von einigen Schritten und entzog sich mit ernstem Gesicht den Damen, die ihn plaudernd zurückzuhalten suchten. Camila war niemals streng mit Don Jaime und niemals besonders herzlich. Wenn die Sonne schien, konnte man die beiden auf den künstlichen Terrassen schweigend promenieren sehn, Camila in Gedanken darüber, wann jene Glückseligkeit beginnen werde, die sie stets mit dem Begriff einer gesellschaftlichen Stellung verbunden hatte, und Don Jaime schon selig über den bloßen Sonnenschein und ängstlich das Herannahen einer Wolke abschätzend. Sie sahn wie Gestalten aus, die sich aus einem fernen Land oder aus einer alten Ballade hierher verirrt und noch nicht die neue Sprache erlernt, noch keine Freunde gefunden hatten.

Camila war ungefähr dreißig, als sie die Bühne verließ, und es kostete sie fünf Jahre, sich ihren Platz in der Gesellschaft zu erobern. Sie wurde allmählich fast beleibt; ihr Kopf allerdings schien mit jedem Jahr schöner zu werden. Sie nahm die Gewohnheit an, sich überladen zu kleiden, und das Parkett der Salons spiegelte einen wahren Turm von Juwelen und Schals und Federn. Ihr Gesicht und ihre Hände waren mit einem bläulichen Puder bedeckt, wovon sich ein reizbarer Mund in Scharlach- und Orangerot abzeichnete. Die fast wahnsinnige Heftigkeit ihres Temperaments wich in Gegenwart der adeligen Witwen einer unnatürlichen

Sanftheit des Benehmens. In den Anfängen ihres gesellschaftlichen Aufstiegs hatte sie Onkel Pio zu verstehn gegeben, er habe sich in der Öffentlichkeit nicht mit ihr blicken zu lassen; zuletzt aber wollte sie auch seine heimlicheren Besuche nicht mehr dulden. Sie führte solche Unterredungen förmlich und ausweichend; ihre Augen trafen nie die seinen, und sie angelte nach Vorwänden, mit ihm zu streiten. Doch immer noch wagte er sich jeden Monat einmal hinaus in ihre Villa; es war eine harte Probe für ihre Geduld, und wenn der Besuch unmögliche Formen anzunehmen begann, stieg er die Treppe hinauf und verbrachte den Rest der Stunde bei ihren Kindern.

Eines Tages erschien er wiederum und ließ sie durch ihre Zofe um Gelegenheit zu einer Unterredung bitten. Es wurde ihm mitgeteilt, daß sie ihn kurz vor Sonnenuntergang im Französischen Garten empfangen wolle. Er war aus einem seltsamen, sentimentalen Antrieb von Lima heraufgekommen. Gleich allen einsamen Menschen hatte er den Begriff Freundschaft mit einem göttlichen Glanz umkleidet: er bildete sich ein, daß die Leute, denen er auf der Straße begegnete, die miteinander lachten und einander beim Abschied umarmten, die Leute, die so liebenswürdig lächelnd zusammen speisten, – es ist kaum zu glauben, aber er bildete sich ein, daß sie diesem freundschaftlichen Umgang ein großes Maß an Befriedigung abgewännen. So war er nun plötzlich von den Gedanken erregt, Camila wiederzu-

sehn, wieder ›Onkel Pio‹ genannt zu werden und für einen Augenblick all die Vertraulichkeit und Stimmung ihres langen Vagabundendaseins wiederaufleben zu lassen.
Der Französische Garten lag am Südende der Stadt. Hinter ihm stiegen die höheren Gipfel der Anden auf, und vorne war eine Brustwehr, von der man ein tiefes Tal und Welle auf Welle von Bergen überblickte, die sich bis ans Meer erstreckten. Es war um die Stunde, wenn die Fledermäuse niedrig fliegen und das kleinere Getier sorglos auf dem Erdboden spielt. Ein paar einsame Gestalten verweilten noch im Garten und starrten verträumt in den Himmel, aus dem nach und nach alle Farbe entschwand, oder lehnten an der Balustrade und blickten ins Tal hinab und lauschten, in welchem Dorf die Hunde anschlugen. Es war die Stunde, wenn der Vater vom Feld heimkehrt und für einen Augenblick mit dem Hofhund, der an ihm emporspringt, spielt und ihm die Schnauze zuhält oder ihn auf den Rücken wirft. Die jungen Mädchen spähen nach dem ersten Stern, um einen Wunsch an ihn zu knüpfen, und die Burschen warten ungeduldig auf das Abendessen. Sogar die geschäftigste Mutter bleibt für einen Augenblick mit müßigen Händen in der Tür stehn und lächelt ihren lieben Plagegeistern zu.
Onkel Pio lehnte an einer der Marmorbänke und sah Camila auf sich zukommen.
»Ich habe mich verspätet«, sagte sie. »Es tut mir leid.

Was habt Ihr mir zu sagen?«
»Camila . . .«, begann er.
»Mein Name ist Doña Micaela.«
»Ich möchte Euch nicht beleidigen, Doña Micaela, aber wenn Ihr Euch seit zwanzig Jahren habt Camila nennen lassen von mir, sollte ich meinen . . .«
»Oh, wie du willst. Wie du willst.«
»Camila, versprich mir, daß du mich anhören wirst. Versprich mir, daß du nicht bei meinen ersten Worten davonlaufen wirst.«
Sogleich brach sie mit unerwarteter Leidenschaftlichkeit los: »Höre, Onkel Pio, du bist wahnsinnig, wenn du glaubst, du kannst mich zur Rückkehr zum Theater bewegen. Ich blicke mit Abscheu auf das Theater zurück, verstehst du? Das Theater! Wahrhaftig, das Theater! Der tägliche Lohn von Beleidigungen in diesem ekelhaften Getriebe! Merk dir, du verschwendest deine Zeit.«
Er antwortete sanft: »Ich möchte nicht haben, daß du zurückkehrst, wenn du glücklich bist mit diesen neuen Freunden.«
»Also du magst meine neuen Freunde nicht?« erwiderte sie schnell. »Wen bietest du mir an ihrer Stelle?«
»Camila, ich erinnere mich bloß –«
»Ich will nicht kritisiert werden. Ich brauche keinen Rat. Es wird gleich kühl werden, und ich muß in mein Haus zurück. Gib mich einfach auf, das ist das einzige. Schlag dir die Gedanken an mich aus dem Kopf!«

»Liebe Camila, du mußt nicht gleich zornig werden. Laß mich zu dir sprechen. Dulde mich wenigstens für zehn Minuten.«

Er begriff nicht, warum sie weinte. Er wußte nicht, was sagen. Er sprach drauflos:

»Du kommst nicht einmal mehr, dir eine Aufführung anzusehn, und alle bemerken es. Und das Publikum bleibt jetzt auch weg. Man setzt die Alte Comedia nur noch zweimal in der Woche an, und alle andern Abende gibt man diese neuen Possen in Prosa. Es ist langweilig und kindisch und unanständig. Kein Mensch kann mehr Spanisch sprechen, ja nicht einmal richtig stehn und gehn. Am Fronleichnamstag gab man *Belsazars Fest,* darin du so wundervoll warst. Jetzt war es schändlich.«

Eine Pause folgte. Ein lieblicher Zug Wolken kam gleich einer Herde Schafe vom Meere her und glitt aufwärts in die Täler zwischen den Bergen. Camila berührte plötzlich Onkel Pios Knie, und ihr Gesicht war wie ihr Gesicht vor zwanzig Jahren: »Verzeih mir, Onkel Pio, daß ich so schlecht bin. Jaime hatte wieder einen Anfall heute nachmittag. Man kann nichts dagegen tun. Er liegt da, so blaß und . . . so verwundert. Man muß einfach an andre Dinge denken. Onkel Pio, es hätte keinen Sinn, wenn ich zum Theater zurückkehrte. Das Publikum kommt der Prosapossen wegen. Wir waren Narren, daß wir versuchten, die Alte Comedia lebendig zu erhalten. Mögen die Leute die alten Stücke in Büchern lesen, wenn sie Lust haben. Es lohnt nicht die Mühe, gegen die Menge anzukämpfen.«

»Herrliche Camila, ich war nicht gerecht gegen dich, solange du beim Theater warst. Es war irgendein törichter Stolz in mir. Ich gönnte dir das Lob nicht, das du verdientest. Verzeih mir. Du bist stets eine sehr große Künstlerin gewesen. Wenn du dich unter den Leuten hier nicht glücklich fühlst, magst du vielleicht erwägen, nach Madrid zu gehn. Du würdest dort große Triumphe feiern. Du bist noch immer jung und schön. Es wird auch später noch Zeit sein, sich Doña Micaela nennen zu lassen. Es dauert nicht mehr lange, bis wir alt sind. Und bald werden wir tot sein.«

»Nein. Ich werde Spanien nie sehn. Die ganze Welt ist gleich, ob Madrid oder Lima.«

»Oh, wenn wir weg könnten auf irgendeine Insel, wo die Menschen dich kennen würden als die, die du bist; und dich lieben würden.«

»Du bist fünfzig, und du träumst noch immer von solchen Inseln, Onkel Pio!«

Er neigte den Kopf und murmelte: »Ich liebe dich doch, Camila, wie ich dich stets lieben muß, und mehr, als ich sagen kann. Dich gekannt zu haben, ist genug für ein ganzes Leben. Du bist jetzt eine große Dame. Und du bist reich. Ich wüßte nicht mehr, wie ich dir helfen könnte. Aber ich bin stets bereit.«

»Wie sonderbar du bist«, sagte sie lächelnd. «Du sagtest das wie ein Knabe. Du scheinst nicht zu lernen mit den

Jahren, Onkel Pio. Es gibt solche Dinge nicht: diese Liebe und diese Insel. Nur auf dem Theater sind sie zu finden.«

Er blickte beschämt, aber unüberzeugt drein.

Endlich erhob sie sich und sagte traurig: »Was reden wir da! Es wird kühl. Ich muß nach Hause. Du mußt dich zufriedengeben. Ich habe kein Herz für das Theater.« Eine Pause folgte: »Und für das andre? ... Ach, ich verstehe es nicht. Es ist einmal so. Ich muß das sein, was ich bin. Versuch weder das eine noch das andre zu verstehn. Denk nicht nach über mich, Onkel Pio. Verzeih mir bloß, weiter nichts. Versuch bloß, mir zu verzeihn!«

Sie stand einen Augenblick schweigend und tastete nach etwas tief Empfundenen, um es ihm zu sagen. Die erste Wolke erreichte die Terrasse. Es wurde dunkel. Die letzten Nachzügler verließen den Garten. Sie dachte an Don Jaime und Don Andrés und auch an ihn. Sie konnte die Worte nicht finden. Plötzlich beugte sie sich nieder und küßte seine Finger und schritt schnell hinweg. Er aber saß lange Zeit unter den heranziehenden Wolken, zitternd vor Glück, und versuchte den Sinn von alledem zu ergründen.

Auf einmal verbreitete sich in ganz Lima die Kunde, Doña Micaela Villegas, die Dame, die einst Camila, die Perichole, gewesen, habe die Blattern. Hunderte andre Leute hatten ebenfalls die Blattern, aber das Interesse der Menge und ihre Schadenfreude richteten sich auf die Schauspielerin. Eine tolle Hoffnung durchlief die Stadt, daß ihre Schönheit, die sie in den Stand versetzt hatte, die Klasse, welcher sie entstammte, zu verachten, Schaden nehmen werde. Aus dem Krankenzimmer drang die Neuigkeit, daß Camila lächerlich geworden sei, so weit gehe ihre Entstellung, und der Freudenbecher der Neidischen floß über. Sobald sie dazu fähig war, ließ sie sich aus der Stadt in ihre Villa im Gebirge tragen; sie ordnete den Verkauf ihres eleganten kleinen Stadtpalais an. Sie sandte ihre Schmuckstücke den Gebern zurück und verkaufte ihre feinen Kleider. Der Vizekönig, der Erzbischof und die wenigen Männer vom Hof, welche ihre aufrichtigen Bewunderer gewesen waren, belagerten ihre Tür noch immer mit Botschaften und Geschenken; die Botschaften blieben unbeachtet, und die Geschenke wurden ohne eine Erklärung zurückgesandt. Niemand außer ihrer Pflegerin und ihren Dienerinnen war es seit dem Beginn der Krankheit gestattet gewesen, sie zu sehn. Als Antwort auf seine wiederholten Versuche erhielt Don Andrés eine große Summe Geldes von ihr, und dazu einen Brief, der sich aus allem zusammensetzte, was an Bitterkeit und Stolz möglich war.

Wie alle schönen Frauen, welche unter unaufhörlichen Huldigungen für ihre Schönheit aufgewachsen sind, nahm sie ohne Zynismus an, ihre Schönheit müsse notwendigerweise die Grundlage einer jeden Zuneigung zu ihr sein; hinfort müsse jede ihr gezollte Aufmerksamkeit mitleidsvoller Herablassung entspringen, die ein wenig mit Befriedigung über solch völligen Umschwung getränkt sei. Diese Annahme, daß sie nun, da es mit ihrer Schönheit vorbei war, nicht mehr auf Ergebenheit zählen dürfe, rührte daher, daß sie sich Liebe niemals anders denn als Leidenschaft vorgestellt hatte. Solche Liebe mag sich wohl in Großmut und Rücksicht verschwenden, mag Visionen und große Dichtungen hervorbringen, bleibt aber eine der schärfsten Ausdrucksformen der Selbstsucht. Erst nach einer Läuterung durch langes Dienen, durch Selbsthaß, durch Verspottung und große Zweifel kann sie ihren Platz unter den Tugenden einnehmen. Viele, die ihr ganzes Leben auf die Liebe verwendeten, können uns weniger über sie sagen als ein Kind, das gestern seinen Hund verloren hat. Als Camilas Freunde ihre Bemühungen fortsetzten, sie wieder in die Gesellschaft zu ziehn, wurde sie immer verbitterter und sandte beleidigende Antworten in die Stadt. Eine Zeitlang erzählte man sich, daß sie sich in den Schoß der Religion zurückziehe. Aber neue Gerüchte, daß auf dem kleinen Landgut alles Wut und Verzweiflung sei, widersprachen dem. Für die in ihrer Nähe Weilenden war die Verzweiflung schrecklich mit anzusehn. Camila war überzeugt, daß es mit ihrer Existenz vorbei sei, mit ihrer und der ihrer Kinder. In ihrem hysterischen Stolz hatte sie mehr zurückgezahlt, als sie schuldete, und zu der Verlassenheit und Düsternis ihrer Zukunft kam nun auch herannahende Armut. Es gab für sie nichts anderes mehr, als ihre Tage in eifersüchtig bewahrter Einsamkeit hinzubringen, inmitten des kleinen, verfallenden Anwesens. Sie brütete stundenlang über der Schadenfreude ihrer Feinde, und man konnte hören, wie sie unter sonderbaren Schreien in ihrem Zimmer auf und ab schritt.

Onkel Pio ließ sich nicht entmutigen. Dadurch, daß er sich den Kindern nützlich machte, in die Bewirtschaftung des Gutes eingriff und heimlich mit Geld aushalf, verschaffte er sich Zutritt zum Haus und bei der verschleierten Herrin. Camila aber, die in ihrem Stolz überzeugt war, daß er sie bedauere, schlug ihn auch dann noch mit der scharfen Klinge ihrer Zunge und fand seltsamen Trost darin, ihn mit Hohn zu überhäufen. Er liebte sie nur desto mehr, denn er verstand besser als sie selbst alle Stadien der Genesung ihrer gedemütigten Seele. Eines Tages jedoch ereignete sich ein Zufall, der ihn seinen Anteil an dieser Besserung kostete. Er stieß eine Tür auf.

Sie hatte gedacht, sie hätte sie verschlossen. Eine kurze Stunde lang war sie von einer törichten heimlichen Hoffnung erfüllt worden; sie hatte sich gefragt, ob sie nicht eine Paste aus Kreide und Milch bereiten könnte, um sie auf ihr Gesicht zu streichen. Sie, die so oft über die mehlbestäubten Großmütter am Hof gespottet hatte, fragte sich einige kurze Augenblicke, ob sie nicht beim Theater etwas gelernt habe, das ihr nun helfen könnte. Sie glaubte die Tür verschlossen zu haben, und mit hastigen Händen und klopfendem Herzen legte sie die Paste auf, diese groteske Blässe, und als sie in den Spiegel spähte und die Vergeblichkeit ihres Versuchs erkannte, erhaschte sie plötzlich das Bild Onkel Pios, der verwundert in der Tür stand. Mit einem Schrei sprang sie auf und bedeckte ihr Gesicht mit den Händen.

»Geh! Geh! Verlaß mein Haus auf immer!« schrie sie. »Ich will dich nie mehr sehn!« In ihrer Beschämung trieb sie ihn mit haßerfüllten Schmähungen hinaus, verfolgte ihn durch den Gang und schleuderte ihm, was ihr in die Hände kam, über die Stiege nach. Sie schärfte ihrem Wirtschaftspächter ein, daß es Onkel Pio verboten sei, den Besitz zu betreten. Aber eine Woche lang setzte er seine Versuche, sie wiederzusehn, fort. Endlich kehrte er nach Lima zurück; er füllte die Zeit aus, so gut er konnte, aber er sehnte sich wie ein Achtzehnjähriger, bei ihr zu sein. Zuletzt ersann er eine List und ging wieder hinauf ins Gebirge, um sie auszuführen.

Eines Morgens stand er vor Tagesanbruch auf und legte sich unter ihrem Fenster auf die Erde. In der Dunkelheit ahmte er ein Weinen nach, und zwar, so täuschend er es vermochte, das Weinen eines jungen Mädchens. Er fuhr darin eine volle Viertelstunde fort. Er ließ seine Stimme nicht über das Maß anschwellen, das man in der Musik mit *piano* bezeichnen würde, aber er unterbrach sich häufig, weil er darauf vertraute, der

Klang werde sich, falls Camila schlafe, wie durch seine wechselnde Stärke so auch durch seine Dauer in ihr Bewußtsein einschleichen. Die Luft war kühl und angenehm. Der erste blasse Streifen von Saphir erschien über den Bergen, und im Osten flimmerte der Morgenstern mit jedem Augenblick in zarterem Feuer. Eine tiefe Stille umhüllte das Gehöft, nur ab und zu ließ ein Windhauch die Gräser aufseufzen. Plötzlich wurde in ihrem Zimmer eine Lampe angezündet, und einen Augenblick später wurde der Fensterladen zurückgeschlagen, und ein in Schleier gehüllter Kopf beugte sich weit heraus.

»Wer ist da?« fragte die wundervolle Stimme.

Onkel Pio schwieg.

Abermals fragte Camila, aber in einem von Ungeduld geschärften Ton: »Wer ist da? Wer weint da?«

»Doña Micaela, ich bitte Euer Gnaden, kommt heraus zu mir!«

»Wer bist du und was willst du?«

»Ich bin ein armes Mädchen. Ich bin Estrella. Ich bitte Euch, kommt und helft mir. Ruft nicht nach Eurer Zofe. Ich bitte Euch, Doña Micaela, kommt selbst!«

Camila schwieg einen Augenblick, dann sagte sie unvermittelt: »Gut, ich komme«, und schloß den Fensterladen. Alsbald erschien sie um die Ecke des Hauses. Sie trug einen dicken Umhang, der im Tau schleifte. In einiger Entfernung blieb sie stehn und sagte: »Komm hierher, zu mir! – Wer bist du?«

Onkel Pio erhob sich. »Camila, ich bin es – Onkel Pio. Vergib mir, aber ich muß mit dir sprechen.«

»Heilige Mutter Gottes, wann werde ich befreit werden von diesem schrecklichen Menschen! Begreife doch endlich: Ich will niemand sehn. Ich will zu keiner Menschenseele reden. Mein Leben ist vorbei. Und damit gut.«

»Camila, bei unserm langen gemeinsamen Leben bitte ich dich, gewähre mir eines! Dann will ich gehn und dich nie wieder belästigen.«

»Ich gewähre dir nichts – nichts. Bleib mir vom Hals!«

»Ich verspreche dir, ich werde dich nie wieder belästigen, wenn du mich dies eine Mal anhörst.« Sie eilte um das Haus herum zur Tür, und Onkel Pio war gezwungen, neben ihr herzulaufen, um sicher zu sein, daß sie hörte, was er ihr sagte. Sie blieb stehn:

»Was willst du also? Beeile dich! Es ist kalt. Mir ist nicht wohl. Ich muß in mein Zimmer zurück.«

»Camila, laß mich Don Jaime für ein Jahr mit mir nach Lima nehmen. Laß mich sein Lehrer sein. Laß mich ihn das Kastilische lehren. Hier ist er der Dienerschaft überlassen und lernt nichts.«

»Nein.«

»Camila, was soll aus ihm werden? Er hat einen guten Kopf und lernt gern.«

»Er ist leidend. Er ist schwächlich. Dein Haus ist ein Schweinekoben. Nur der Aufenthalt auf dem Land ist gut für ihn.«

»Aber in den letzten Monaten ging es ihm viel besser. Ich verspreche dir, ich werde mein Haus gründlich reinigen. Ich werde mich um eine Haushälterin an Madre Maria del Pilar wenden. Hier steckt er den ganzen Tag in den Stallungen. Ich werde ihn alles lehren, was ein Edelmann können soll: Fechten und Latein und Musik. Wir werden alles lesen, was . . .«

»Man kann eine Mutter nicht so von ihrem Kind trennen. Es ist unmöglich. Du bist verrückt, überhaupt daran gedacht zu haben. Gib es auf, an mich zu denken und an alles, was mich betrifft. Ich bin nicht mehr da. Ich und meine Kinder, wir werden uns weiterbringen, so gut es geht. Versuch nicht mehr, mich zu stören. Ich will keinen Menschen sehn.«

Nun fühlte sich Onkel Pio gezwungen, ein hartes Mittel anzuwenden. »Dann zahl mir das Geld zurück, das du mir schuldest«, sagte er.

Camila stand regungslos, betroffen. Zu sich selbst sprach sie: »Das Leben ist zu furchtbar, um es zu ertragen. Wann werde ich sterben dürfen?« Nach einigen Augenblicken antwortete sie ihm mit heiserer Stimme: »Ich habe sehr wenig Geld. Ich will dir zahlen, was ich kann. Ich werde es dir gleich zahlen. Ich habe ein paar Schmuckstücke hier. Dann brauchen wir einander nie wiederzusehn.« Sie schämte sich ihrer Armut. Sie tat ein paar Schritte, wandte sich dann um und sagte: »Jetzt sehe ich, daß du ein sehr harter Mensch bist. Aber es ist nur recht, daß ich dir zahle, was ich dir schulde.«

»Nein, Camila, ich habe das bloß gesagt, um meine Bitte zu erzwingen. Ich werde kein Geld von dir nehmen. Aber leihe mir Don Jaime für ein Jahr. Ich werde ihn lieb haben und ihm jede Sorgfalt widmen. Habe ich je dir geschadet? War ich dir ein schlechter Lehrer in allen jenen Jahren?«

»Es ist grausam von dir, immer wieder Dankbarkeit zu verlangen, Dankbarkeit, Dankbarkeit! Ich war dankbar – gut, gut! Aber nun, da ich nicht mehr dieselbe Frau bin, gibt es nichts, wofür ich dankbar zu sein hätte.«

Ein Schweigen folgte. Ihre Augen ruhten auf dem Stern, der den ganzen Himmel in sein Wunder zu reißen schien. Ein großes Weh umklammerte ihr Herz, das Weh einer Welt, die sinnlos war. Endlich sagte sie:

»Wenn Jaime mit dir gehn will, gut. Ich werde mit ihm sprechen. Wenn er mit dir gehn will, wirst du ihn zu Mittag im Gasthof finden. Gute Nacht. Geh mit Gott!«

»Geh mit Gott, Camila!«

Sie ging ins Haus. Zu Mittag erschien dann der ernste kleine Knabe im Gasthof. Seine feinen Kleider waren jetzt voller Flecke und zerrissen, und er trug nur ein kleines Bündel mit Wäsche. Seine Mutter hatte ihm ein Goldstück als Taschengeld gegeben und einen kleinen, im Dunkeln leuchtenden Stein, damit er ihn in seinen schlaflosen Nächten anblicken könne. Sie traten ihre Reise in einem Wagen an, aber Onkel Pio gewahrte bald, daß das Rütteln dem Knaben nicht bekam. Er trug ihn darum auf der Schulter. Als sie sich der Brücke von San Luis Rey näherten, bemühte sich Jaime, seine Schande zu verbergen, denn er fühlte einen dieser Augenblicke herannahen, die ihn von anderen Menschen schieden. Er schämte sich ganz besonders, weil Onkel Pio soeben einen seiner Freunde, einen Schiffskapitän, eingeholt hatte und, just als sie an die Brücke kamen, zu einer alten Dame sprach, die mit einem jungen Mädchen reiste. Onkel Pio sagte, sobald sie über die Brücke wären, wollten sie niedersitzen und rasten; aber wie es sich ergab, war das nicht mehr nötig.

Fünfter Teil

VIELLEICHT EINE FÜGUNG

Eine neue Brücke aus Stein ist an Stelle der alten erbaut worden, doch das Ereignis ist nicht in Vergessenheit geraten. Es wurde sprichwörtlich. »Vielleicht sehe ich dich Dienstag«, sagt ein Limaner, »wenn die Brücke nicht reißt.« »Mein Vetter lebt auf der Brücke von San Luis Rey«, sagt ein andrer, und ein Lächeln macht die Runde in der Gesellschaft, denn das bedeutet: unter dem Schwert des Damokles. Es gibt einige Gedichte über den Unglücksfall, klassische Schöpfungen, die in jeder peruanischen Anthologie zu finden sind, aber das eigentliche literarische Denkmal ist Bruder Junipers Buch.

Man kann Zufälle auf hunderterlei Arten zu erklären suchen. Bruder Juniper wäre nie auf seine Methode verfallen, wenn er nicht mit einem Magister der Universität von San Martín befreundet gewesen wäre. Die Ehefrau dieses Gelehrten hatte sich eines Morgens auf einem Schiff nach Spanien davongemacht, hinter einem Soldaten her, und hatte ihrem Mann die Sorge für zwei Töchter überlassen, die noch in der Wiege lagen.

Er war von all der Bitterkeit besessen, die Bruder Juniper fremd war, und gewann eine Art Freude aus der Überzeugung, daß alles in der Welt schlecht sei. Er flüsterte dem Franziskaner Gedanken und Anekdoten ins Ohr, die die Vorstellung von einem Weltenlenker Lügen straften. Da erschien dann ein Ausdruck des Kummers, beinahe des Besiegtseins, in des Franziskaners Augen; aber sogleich begann er geduldig zu erklären, warum solche Geschichten für einen Gläubigen keine Schwierigkeit enthielten. »Es lebte einmal eine Königin von Neapel und Sizilien«, erzählte der Gelehrte etwa, »die entdeckte, daß sie ein böses Geschwür in der Seite trug. In großer Verzagtheit befahl sie ihren Untertanen, für sie zu beten, und ordnete an, daß alle Gewänder in Sizilien und Neapel mit Votivkreuzen zu besticken seien. Sie wurde sehr geliebt von ihrem Volk und all dieses Beten und Sticken war aufrichtig, aber unwirksam. Nun liegt sie in der Pracht von Monreale, und ein paar Zoll über ihrem Herzen kann man die Worte lesen: *»Ich will nichts Böses fürchten.«*

Weil er eine lange Reihe solcher Verhöhnungen des Glaubens anhören mußte, fühlte Bruder Juniper, es sei an der Zeit, der Welt den Beweis zu liefern, den mathematisch erbrachten Beweis für die Überzeugung, die so hell und erregend in ihm glühte. Als die Pest sein liebes Dörfchen Puerto heimsuchte und eine große Zahl der Bauern dahinraffte, entwarf er heimlich eine Tabelle der Charaktereigenschaften von fünfzehn Opfern und fünfzehn Überlebenden, sozusagen eine Statistik ihres Werts *sub specie aeternitatis*. Jede Seele wurde auf Grund von zehn Punkten nach ihrer Sittenreinheit, ihrer Beflissenheit in der Befolgung der Religionsgebote und nach ihrer Wichtigkeit für ihre Familienangehörigen eingeschätzt. Hier ist ein Stück dieser anspruchsvollen Tabelle:

	Sittenreinheit	Frömmigkeit	Nützlichkeit
Alfonso G.	4	4	10
Nina	2	5	10
Manuel B.	10	10	0
Alfonso V.	–8	–10	10
Vera N.	0	10	10

Die Sache war schwieriger, als er vorhergesehn hatte. Fast jede Seele in solch einer abgelegenen Grenzgemeinde erwies sich als wirtschaftlich unentbehrlich, und die dritte Kolumne war daher so gut wie unnütz. Der Prüfer war genötigt, negative Werte einzusetzen, als er den Charakter des Alfonso V. untersuchte, der nicht, wie Vera N., bloß einfach schlecht war: Alfonso war ein Prophet der Schlechtigkeit und mied nicht nur selber die Kirche, sondern verleitete andre, ihr fernzubleiben. Vera N. war in der Tat schlecht, aber sie war das Muster einer Andächtigen und die Hauptstütze einer vollen Hütte. Aus allen diesen betrüblichen Daten wußte Bruder Juniper für jeden Dorfbewohner eine Indexzahl zu errechnen. Er zog deren Summe für die fünfzehn Opfer und verglich sie mit der Summe für die fünfzehn Überlebenden, um schließlich zu entdecken, daß die Toten fünfmal mehr wert gewesen waren, gerettet zu werden. Es sah beinahe so aus, als wäre die Pest gegen die wirklich wertvollen Einwohner des Dorfes Puerto gerichtet gewesen. Und am Nachmittag unternahm Bruder Juniper einen Spaziergang am Ufer des Stillen Ozeans. Er zerriß seine Resultate und warf sie in die Wogen; er starrte wohl eine Stunde lang auf die großen perlfarbenen Wolken, die ewiglich am Himmelsrand über jenem Meer hängen, und gewann aus ihrer Schönheit eine Resignation, die zu untersuchen er seiner Vernunft nicht gestattete. Glaube und Tatsachen widersprechen einander mehr, als gemeinhin angenommen wird. Aber da war noch eine andre Geschichte (eine nicht so aufrührerische), die der Magister von San Martín zu erzählen wußte, und vermutlich gab sie Bruder Juniper den Wink für sein Verfahren nach dem Einsturz der Brücke von San Luis Rey.

Der Magister schritt eines Tags durch die Kathedrale von Lima und blieb stehn, um die Grabschrift einer adeligen Dame zu lesen. Er las mit immer weiter vorgeschobener Unterlippe, daß sie zwanzig Jahre lang der Mittelpunkt und die Freude ihres Heims und das Entzücken ihrer Freunde gewesen sei; daß von einer Begegnung mit ihr alle voll Staunens über ihre Tugend und Schönheit hinweggingen und daß sie nun hier liege und auf die Wiederkehr des Herrn warte. Dem

Magister aber war an diesem Tag vieles widerfahren, was ihn ärgerte, und von der Grabplatte aufblickend rief er in seiner Erbitterung: »Wie schamlos! Welche Aufdringlichkeit. Jedermann weiß, daß wir in dieser Welt nichts andres tun als unserm Willen frönen. Warum diese Legende von Selbstverleugnung verewigen? Warum dies lebendig erhalten, dieses Gerücht von Selbstlosigkeit?«

Und er beschloß, diese Verschwörung der Steinmetzen vor der Welt zu enthüllen. Die Frau war erst zwölf Jahre tot. Er machte ihre Dienerschaft, ihre Kinder und ihre Freundinnen ausfindig. Und überall, wohin er ging, hatten die teuren Züge ihres Wesens gleich einem zarten Duft sie überlebt, und wo immer ihrer erwähnt wurde, tauchte ein leidvolles Lächeln auf und die Beteuerung, daß Worte ihre holde Art nicht zu beschreiben vermöchten. Sogar ihren Enkelkindern wurde der Ungestüm der Jugend durch die Überlieferung erschwert, daß es möglich sei, so gut zu sein, wie sie es gewesen. Und unser Magister stand betroffen; nur daß er endlich murmelte: »Dennoch ist, was ich sagte, wahr. Diese Frau war eine Ausnahme, war vielleicht eine Ausnahme.«

Bei der Zusammenstellung seines Buchs über jene fünf Menschen scheint Bruder Juniper von der Furcht verfolgt gewesen zu sein, er könnte durch Weglassen der geringsten Kleinigkeit sich einen wichtigen Hinweis entgehn lassen. Je länger er arbeitete, je mehr fühlte er, daß er zwischen großen dunkeln Ahnungen herumtappe. Immer wieder trogen ihn Einzelheiten, die aussahn, als wären sie bedeutungsvoll, wenn er sie nur richtig einzureihn wüßte. So schrieb er denn alles nieder, vielleicht mit dem Gedanken, es würden, wenn er (oder ein schärferer Verstand) das Buch zwanzigmal durchläse, die unzähligen Tatsachen plötzlich in Bewegung geraten, sich ordnen und ihr Geheimnis preisgeben. Der Koch der Marquesa de Montemayor erzählte ihm, daß Ihre Gnaden beinahe ausschließlich von Reis, Fischen und ein wenig Obst gelebt habe, und Bruder Juniper schrieb es auf, für den Fall, daß sich daraus eines Tags ein seelischer Zug enthüllen könnte. Don Rubío sagte von ihr, sie pflegte, ohne eingeladen zu sein, bei seinen Empfängen zu erscheinen, um die Silberlöffel zu stehlen. Eine Hebamme am Rande der Stadt behauptete, daß Doña Maria sie mit krankhaften Fragen aufgesucht habe, bis sie gezwungen gewesen sei, sie wie eine Bettlerin von der Tür zu weisen. Der Buchhändler der Stadt beschrieb sie als eine der drei gebildetsten Personen in Lima. Die Frau ihres Pächters wußte zu berichten, sie sei sehr zerstreut, aber die Güte selbst gewesen. Die Kunst der Lebensbeschreibung ist schwerer, als gemeinhin angenommen wird.

Bruder Juniper fand, daß sich am wenigsten von denjenigen in Erfahrung bringen ließ, die am engsten mit den Objekten seiner Untersuchung verbunden gewesen waren. Madre Maria del Pilar sprach zu ihm des langen von Pepita, aber sie sagte ihm nichts von ihren eigenen ehrgeizigen Plänen für das Mädchen. Die Perichole war anfangs schwer zugänglich gewesen, bald aber mochte sie den Franziskaner sogar gut leiden. Ihre Schilderung Onkel Pios widersprach völlig den Bergen anwidernder Zeugnisse, die er anderswo gesammelt hatte. Der Andeutungen über ihren Sohn waren wenige, und sie wurden nur mit Pein zugestanden; sie brachten die Unterredung jäh zu Ende. Der Kapitän Alvarado erzählte, was er konnte, von Esteban und Onkel Pio. Die das meiste wissen von solchen Dingen, geben das wenigste preis.

Ich will euch mit Bruder Junipers Verallgemeinerungen verschonen. Wir bekommen sie allezeit zu hören. Er meinte, er sehe durch ein und dasselbe Ereignis die Bösen von Vernichtung heimgesucht und die Guten frühzeitig in den Himmel berufen. Er meinte, er sehe Stolz und Reichtum zuschanden geworden, als ein warnendes Beispiel für die Welt; er sehe Demut gekrönt und belohnt zur Erbauung der ganzen Stadt. Aber Bruder Juniper war nicht befriedigt von seinen Schlußfolgerungen. Es war just möglich, daß die Marquesa de Montemayor kein Ungeheuer an Geiz und Onkel Pio kein Ausbund von Zügellosigkeit gewesen war.

Das beendigte Buch kam einigen Richtern unter die Augen und wurde plötzlich für ketzerisch erklärt. Es wurde samt seinem Verfasser dazu verurteilt, auf dem großen Platz verbrannt zu werden. Bruder Juniper fügte sich der Entscheidung, daß der Teufel sich seiner bedient habe, um einen glänzenden Feldzug in Peru ins Werk zu setzen. Er saß in jener letzten Nacht in seiner Zelle und versuchte, in seinem eigenen Leben den Plan zu entdecken, der ihm in fünf andern entgangen war. Er fühlte keine Auflehnung. Er war bereit, sein Leben hinzugeben für die Reinheit der Kirche, aber er sehnte sich danach, daß irgendwo eine Stimme Zeugnis ablege für ihn, es habe wenigstens seine Absicht dem wahren Glauben gegolten; er dachte, es gebe niemand auf der ganzen Welt, der ihm glaubte. Am nächsten Morgen aber, im Sonnenlicht, waren viele unter all dem Volk, die ihm glaubten, denn er wurde sehr geliebt.

Eine kleine Abordnung aus dem Dorf Puerto war da, und Nina (Sittenreinheit 2, Frömmigkeit 5, Nützlichkeit 10) und andere standen mit verzerrten, verwirrten Gesichtern dabei und sahen, wie ihr kleiner Franziskanerbruder den ihm verwandten Flammen übergeben wurde. Auch dann noch, auch dann noch verblieb in seinem Herzen eine widerspenstige Regung, die dabei beharrte, daß zumindest sein Schutzpatron ihn nicht völlig verdammt hätte, und er rief (weil er nicht wagte, einen größeren Namen anzurufen, da er in diesen Dingen so leicht einem Irrtum ausgesetzt zu sein schien) zweimal zum hl. Franziskus, und an eine Flamme gelehnt, lächelte er und starb.

Der Tag des Trauergottesdienstes war klar und warm. Die Limaner, ihre schwarzen Augen von scheuem Entsetzen geweitet, strömten durch die Straßen in die Kathedrale und starrten dort auf den Hügel von schwarzem Samt und Silber. Der Erzbischof, in seine wundervollen und holzsteifen Gewänder eingeschlossen, schwitzte auf seinem Thron und lieh bisweilen sein Kennerohr den Feinheiten von Vittorias Kontrapunkt. Der Chor hatte die Seiten neu einstudiert, welche Tomás Luis für seine Freundin und Gönnerin, die Kaiserin in Wien, als seinen Abschied an die Musik komponiert hatte, und all dieser Kummer und diese Süße, all dieser durch einen italienischen Filter quellende spanische Realismus stiegen und sanken über einem Meer von Mantillas. Don Andrés kniete krank und verstört unter dem fahnen- und federngeschmückten Baldachin seiner Amtswürde. Er wußte, die Menge blickte verstohlen nach ihm und erwartete, daß er den Vater spiele, der seinen einzigen Sohn verloren hat. Er fragte sich, ob die Perichole wohl anwesend sei. Er war niemals gezwungen gewesen, so lange auszuharren, ohne zu rauchen. Der Kapitän Alvarado schob sich für einen Augenblick von dem sonnigen Domplatz herein. Er blickte über die Felder schwarzer Haare und schwarzer Spitzen auf die Parade der Kerzen und die Taue von Weihrauch. »Wie falsch, wie unwirklich«, sagte er und schob sich wieder hinaus. Er ging ans Meer hinab und setzte sich auf den Bordrand seines Schiffs und blickte hinunter in das klare Wasser. »Glücklich sind die Ertrunkenen, Esteban«, sagte er.

Hinter dem Chorgitter saß die Äbtissin inmitten ihrer Mädchen. In der vergangenen Nacht hatte sie sich ein Idol aus dem Herzen gerissen, und das Erlebnis hatte sie bleich, aber nicht wankend gemacht. Sie hatte die Tatsache hingenommen, daß es nicht von Bedeutung war, ob ihr Werk fortbestünde oder nicht; es genügte, an dem Werk zu arbeiten. Sie war die Pflegerin, die die Kranken wartet, welche nie genesen; sie war der Priester, der stets von neuem die heilige Handlung vor einem Altar vollzieht, zu welchem keine Andächtigen kommen. Und keine Pepita würde dasein, ihr Werk zu vergrößern; es sänke zurück in die Trägheit und Gleichgültigkeit ihrer Ordensschwestern. Dem Himmel schien es zu genügen, daß für ein Weilchen in Peru eine selbstlose Liebe geblüht hatte und welkte. Sie stützte die Stirn in die Hand und folgte dem langen zärtlichen Bogen, den die Soprane im Kyrie aufrichten. »Meine Zuneigung hätte mehr von dieser Tönung haben sollen, Pepita. Mein ganzes Leben hätte mehr von dieser Eigenschaft haben sollen. Ich bin zu geschäftig gewesen«, fügte sie reuevoll hinzu, und ihre Gedanken verloren sich im Gebet.

Camila war von ihrem Landgut aufgebrochen, um der Trauerfeier beizuwohnen. Ihr Herz war von Bestürzung und Verwunderung erfüllt. Hier war wieder eine Mahnung vom Himmel; dies war das dritte Mal, daß er zu ihr gesprochen hatte. Ihre Blattern, Jaimes Krankheit und nun der Einsturz der Brücke – oh, das waren keine Zufälle! Sie schämte sich so sehr, als wären Schriftzeichen auf ihrer Stirn erschienen. Eine Verfügung aus dem Palast gab bekannt, daß der Vizekönig ihre beiden Töchter in eine Klosterschule nach Spanien sende. Das war recht so. Sie war allein. Achtlos raffte sie ein paar Sachen zusammen und machte sich zu der Trauerfeier auf den Weg in die Stadt. Aber sie mußte plötzlich an die ungeheure Volksmenge denken, die ihren Onkel Pio und ihren Sohn bestarren würde; an die große kirchliche Feier, die ihr wie ein Abgrund erschien, der den geliebten Menschen verschlang, und an den Sturm des *dies irae,* worin der einzelne sich unter den Millionen der Toten verlor, Umrisse verschwammen und Züge verblaßten. Auf etwas mehr als dem halben Weg bei dem Lehmkirchlein, das San Luis Rey geweiht war, angelangt, schlüpfte sie hinein und kniete an einen Pfeiler hin, um zu rasten. Sie durchforschte ihr Gedächtnis und suchte nach den Gesichtern jener beiden. Sie wartete auf das Auftauchen einer Empfindung. »Aber ich fühle nichts«, flüsterte sie. »Ich habe kein Herz. Sieh, ich will's nicht weiter versuchen, an etwas zu denken; laß mich nur eben rasten hier!« Und kaum hatte sie das gesagt, als wiederum dieser fürchterliche, unaussprechliche Schmerz sie durchdrang, diese Qual, daß sie nie zu Onkel Pio zu sprechen und ihm von ihrer Liebe zu sagen und nicht ein einziges Mal dem kleinen

Jaime in seinen Leiden Ermutigung darzubieten vermocht hatte. Verstört erhob sie sich. »Alle lasse ich sie im Stich«, schrie sie auf. »Sie lieben mich, und ich lasse sie im Stich!« Sie kehrte auf ihr Landgut zurück und schleppte ein Jahr lang die Stimmung dieses An-sich-selbst-Verzweifelns mit sich. Eines Tags erfuhr sie durch Zufall, daß die wundervolle Äbtissin bei dem nämlichen Unglück zwei Menschen, die sie geliebt, verloren hatte. Ihre Näharbeit fiel ihr aus der Hand: dann würde *sie* wissen, sie würde es erklären können. »Aber nein, was könnte sie zu mir sagen! Sie würde nicht einmal glauben, daß solch ein Wesen wie ich jemand lieben oder verlieren kann.« Camila beschloß, nach Lima zu gehn und die Äbtissin von fern zu betrachten. ›Wenn ihr Gesicht mir sagt, daß sie mich nicht verachten würde, will ich zu ihr sprechen‹, dachte sie.

Camila schlich sich in die Klosterkirche, und hinter einem Pfeiler verborgen, verliebte sie sich demütig in das schlichte alte Gesicht, obgleich es ihr ein wenig Furcht einflößte. Endlich suchte sie die Äbtissin auf.

»Mutter«, sagte sie, »ich . . . ich . . .«

»Kenne ich Euch, meine Tochter?«

»Ich war die Schauspielerin, die Perichole.«

»Ach ja. Oh, ich habe mir schon lange gewünscht, Euch kennenzulernen, aber man sagte mir, Ihr wollt nicht gesehn werden. Auch Ihr, ich weiß es, habt je-

mand . . . habt zwei verloren beim Einsturz der Brücke von San . . .«
Camila hatte sich halb aufgerichtet und taumelte. Da! Wiederum dieser Anfall von Qual: die Hände der Toten, die sie nicht erreichen konnte. Ihre Lippen waren bleich. Ihr Kopf streifte der Äbtissin Knie: »Mutter, was soll ich tun? Ich bin ganz allein. Ich habe nichts auf der Welt. Ich liebe sie. Was soll ich tun?«
Die Äbtissin blickte sie aufmerksam an. »Meine Tochter, es ist heiß hier. Kommt in den Garten. Ihr könnt ausruhn dort.« Sie bedeutete einem Waisenmädchen, ein Glas Wasser zu bringen. Mechanisch sprach sie weiter zu Camila. »Ich habe schon lange gewünscht, Euch kennenzulernen, Señora. Schon vor dem Unglück habe ich das sehr gewünscht. Man sagte mir, bei den *autos sacramentales* seid Ihr eine große und wundervolle Schauspielerin in *Belsazars Fest* gewesen.«
»Oh, das dürft Ihr nicht sagen, Mutter. Ich bin eine Sünderin. So dürft Ihr nicht sprechen.«
»Hier, trinkt das, mein Kind. Wir haben einen schönen Garten, findet Ihr nicht auch? Ihr werdet kommen und uns oft besuchen, und dann werdet Ihr auch Schwester Juana kennenlernen, unsere Obergärtnerin. Bevor sie ins Kloster eintrat, hatte sie, man kann sagen, noch nie einen Garten gesehn, denn sie arbeitete in den Bergwerken hoch droben im Gebirge. Nun blüht und gedeiht alles unter ihren Händen. – Ein Jahr ist vergangen,

Señora, seit unserm Unglück. Ich verlor zwei, die Kinder gewesen sind in meinem Waisenhaus, aber Ihr, Ihr habt ein leibliches Kind verloren?«

»Ja, Mutter.«

»Und einen lieben Freund?«

»Ja, Mutter.«

»Erzählt mir . . .«

Und dann kam, inmitten von Schwester Juanas Springbrunnen und Rosen, die ganze Flut von Camilas langer Verzweiflung, ihrer einsamen, starrsinnigen Verzweiflung seit ihrer Mädchenzeit, auf diesem dunkeln, freundlichen Schoß zur Ruhe.

Aber wo gäbe es Bücher genug, alle die Ereignisse aufzunehmen, die nicht dieselben gewesen wären ohne den Einsturz der Brücke? Aus solch einer Unzahl wähle ich noch eines.

»Die Condesa d'Abuirre wünscht Euch zu sprechen«, sagte eine Laienschwester in der Tür zur Schreibstube der Äbtissin.

»Ja«, sagte die Äbtissin und legte die Feder hin, »wer ist das?«

»Sie ist soeben aus Spanien gekommen. Mehr weiß ich nicht.«

»Oh, das bedeutet Geld, Inez, Geld für mein Blindenhaus. Schnell, heiße sie eintreten!«

Mit modischer Lässigkeit betrat die schlanke Schöne den Raum. Doña Clara, die sich gewöhnlich so angemessen zu benehmen wußte, schien diesmal befangen zu sein. »Seid Ihr beschäftigt, teure Mutter, oder darf ich eine Weile mit Euch sprechen?«

»Ich bin vollkommen frei, meine Tochter. Ihr werdet das Gedächtnis einer alten Frau entschuldigen; kenne ich Euch von früher?«

»Meine Mutter war die Marquesa de Montemayor ...« Doña Clara argwöhnte, die Äbtissin habe ihre Mutter nicht sehr bewundert, und wollte die ältere Frau nicht sprechen lassen, ehe sie selbst nicht eine lange, leidenschaftliche Verteidigung Doña Marias vorgebracht hätte. Die modische Lässigkeit verschwand bei ihren Selbstanklagen. Dann erzählte ihr die Äbtissin von Pepita und Esteban und von Camilas Besuch. »Wir alle, wir alle haben gefehlt. Man wünscht sich, dafür bestraft zu werden. Man ist bereit, jede Art von Buße hinzunehmen, aber wißt Ihr, meine Tochter, wenn wir lieben – ich wage es kaum zu sagen –, wenn wir lieben, scheinen sogar unsre Verfehlungen nicht lange zu währen.«

Die Condesa zeigte der Äbtissin Doña Marias letzten Brief. Madre Maria wagte nicht laut zu sagen, wie groß ihr Erstaunen war, daß solche Worte (Worte, die seither von der ganzen Welt in begeistertem Entzücken nachgemurmelt wurden) dem Herzen von Pepitas Herrin entspringen konnten. »Nun lerne«, gebot sie sich selbst, »lerne endlich, daß du überall der Gnade gewärtig sein magst!« Und wie ein Mädchen wurde sie von Glückseligkeit erfüllt bei diesem neuen Beweis,

daß sich die Zeichen dessen, wofür sie lebte, allüberall fanden, daß die Welt bereit war. »Wollt Ihr mir etwas zuliebe tun, meine Tochter? Wollt Ihr Euch von mir mein Werk zeigen lassen?«
Die Sonne war untergegangen, aber die Äbtissin wies mit einer Laterne den Weg durch die vielen Gänge. Doña Clara sah die Alten und die Jungen, die Kranken und die Blinden, am meisten aber sah sie die müde, unverzagte alte Frau, die sie führte. Mitunter blieb die Äbtissin in einem der Klostergänge stehn und sagte plötzlich: »Ich muß immer denken, daß sich irgend etwas für die Taubstummen tun ließe. Es scheint mir, ein geduldiger Mensch könnte . . . könnte eine Sprache für sie ersinnen. Ihr wißt, es gibt ihrer Hunderte und aber Hunderte in Peru. Erinnert Ihr Euch, ob irgendwer in Spanien eine Möglichkeit für sie gefunden hat? Nein? Nun, eines Tags wird sie gefunden werden.« Oder ein wenig später: »Wißt Ihr, ich glaube immer, es ließe sich etwas für die Irren tun. Ich bin alt, müßt Ihr wissen, und ich kann nicht dahin gehn, wo solche Dinge besprochen werden, aber ich beobachte diese Armen bisweilen, und es scheint mir . . . In Spanien behandelt man sie jetzt mit Güte, nicht wahr? Mir scheint es, als wäre da ein Geheimnis verborgen, uns eben noch verborgen, nur hinter der nächsten Ecke. Wenn Ihr wieder in Spanien seid und eines Tags von etwas hört, was uns da helfen könnte, werdet Ihr es mir schreiben . . . wenn Ihr nicht zu sehr beschäftigt seid, nicht wahr?«

Zuletzt, als Doña Clara auch noch die Küchen gesehn hatte, sagte die Äbtissin: »Nun werdet Ihr mich entschuldigen, denn ich muß zu den Schwerkranken gehn und ihnen ein paar Worte sagen, über die sie nachdenken können, wenn sie keinen Schlaf finden. Ich will Euch nicht auffordern, mit mir zu kommen, denn Ihr seid nicht gewöhnt an solche . . . solche Laute und Anblicke. Und überdies spreche ich zu ihnen bloß, wie man zu Kindern spricht.« Sie blickte mit ihrem bescheidenen, wehmütigen Lächeln zu der Condesa auf. Auf einmal eilte sie weg und kam gleich darauf mit einer ihrer Helferinnen zurück, einer, die gleichfalls in die Geschichte von der Brücke verwickelt und früher einmal Schauspielerin gewesen war. »Sie muß bald gehn«, sagte die Äbtissin, »denn es gibt Arbeit für sie drüben am andern Ende der Stadt, und sobald ich hier gesprochen habe, muß auch ich Euch verlassen, denn der Mehlhändler wird nicht länger auf mich warten wollen, und unsere Auseinandersetzung wird lange dauern.«
Aber Doña Clara stand in der Tür, als die Äbtissin, die Laterne neben sich auf dem Boden, zu den Kranken sprach. Madre Maria lehnte mit dem Rücken an einem Pfosten; die Kranken lagen in Reihen da, starrten zur Decke empor und versuchten, den Atem anzuhalten. Sie sprach an diesem Abend von all den vielen draußen im Dunkel (sie dachte an Esteban in seiner Einsamkeit, an Pepita in ihrer Einsamkeit), die niemand hatten, an den sie sich wenden konnten; von den vielen, für die

die Welt vielleicht mehr als schwer war, für die sie sinnlos zu sein schien. Und diese hier, die in ihren Betten lagen, fühlten, daß sie von einer Mauer beschützt waren, welche die Äbtissin für sie gebaut hatte; hier innen war alles Licht und Wärme, und draußen war die Finsternis, die sie nicht einmal für Befreiung von ihren Schmerzen und vom Sterben eingetauscht hätten. Doch noch während sie sprach, gingen der Äbtissin andere Gedanken durch den Sinn. ›Schon jetzt‹, so dachte sie, ›erinnert sich fast niemand mehr Estebans und Pepitas, als nur ich. Camila allein gedenkt ihres Onkel Pio und ihres Sohnes; diese Frau ihrer Mutter. Bald aber werden wir alle sterben, und alles Angedenken jener fünf wird dann von der Erde geschwunden sein, und wir selbst werden für eine kleine Weile geliebt und dann vergessen werden. Doch die Liebe wird genug gewesen sein; alle diese Regungen von Liebe kehren zurück zu der einen, die sie entstehen ließ. Nicht einmal eines Erinnerns bedarf die Liebe. Da ist ein Land der Lebenden und ein Land der Toten, und die Brücke zwischen ihnen ist die Liebe – das einzige Bleibende, der einzige Sinn.‹

NACHWORT

Karla Mertens gewidmet

Es gibt Zeiten der Visionen und Zeiten der Revisionen (das Wortspiel stammt von T. S. Eliot): Zeiten, in denen ein Kritiker der noch frischen Schneedecke eines neuen literarischen Werks seine Fußspuren eindrückt; andere Zeiten, in denen der Kritiker, der noch einmal diesen Weg geht, bald in die eigenen Fußstapfen tritt, bald sie jedoch verfehlt, unabsichtlich oder aber auch absichtlich (das Bild stammt von Henry James). So geht es dem Interpreten des Romans ›Die Brücke von San Luis Rey‹, wenn er nach vielen Jahren, aus veränderten Verhältnissen heraus, erneut den Zugang zum Sinn dieses Werkes sucht.

Schien es ein Jahrzehnt vor Wilders Tod am 7. Dezember 1975 so, als würde die dramatische Kleinform, mit der er, in jungen Jahren schon, seine Tätigkeit begonnen hatte, die Reihe der ›Drei-Minuten-Stücke‹ – nach der mittleren, der epischen und dramatischen Großform gewidmeten Phase – auch wieder am Ende seines Lebenswerks stehen (worauf die beiden begonnenen, aber nicht vollendeten Reihen der ›Sieben Lebensalter‹

und der ›Sieben Todsünden‹ hindeuten mochten), so schlug der auch im Ernst noch dem Jux Raum gebende Kobold in Wilder den Erwartungen der kalkulierenden Kritiker ein Schnippchen.
Schon im Herbst 1961, beim Mittagessen in ›Ritters Parkhotel‹ in Bad Homburg sagte der Vierundsechzigjährige zu seinem andächtig zuhörenden Gegenüber: »Von jetzt an werde ich alles zum letztenmal machen – ich werde in die Wüste gehen« (ehrfürchtiges Schweigen bei dieser mythischen Ankündigung) »nach Arizona« (erleichtertes Aufatmen angesichts der realistischen Absicht) »und meditieren« (tiefe Nachdenklichkeit auf den Gesichtern hüben und drüben) »und dann komme ich wieder« (schnell und elastisch) »und dann bin ich jünger als Sie...« (Überraschung und befreites Lachen auf beiden Seiten).
Wilder ging in die Wüste, und er kam zurück, aber nicht, wie man erwartet hatte, mit den restlichen ›Lebensaltern‹ und ›Todsünden‹, sondern mit einem großen Roman, dem ›Achten Schöpfungstag‹, der mit seiner weit über die Kontinente Nord- und Südamerikas ausgreifenden, stoff- und gestaltreichen, metaphysisch und kriminalistisch durchsetzten Geschichte zweier amerikanischer Familien über zwei Generationen hinweg alle diejenigen amerikanischen Kritiker hätte befriedigen müssen, die Wilder so gerne unamerikanisches Verhalten und geistige Landflucht vorwarfen. Aber nicht genug mit dem alle früheren Romane an

Umfang und Fülle überbietenden ›Achten Schöpfungstag‹: 1973 erschien ein weiterer großer, autobiographisch angelegter Roman, ›Theophilus North‹, dem allerdings die zugrundeliegenden Tagebuchnotizen durch die Rippen der lockeren episodischen Struktur hindurchsahen. So hatte sich denn die Waage der literarischen Gattungen in der Hand Wilders doch noch nach der epischen Seite hin gesenkt, und die Form, die mit der ›Cabala‹ (1926) in einer für den jungen Autor charakteristischen Gestalt ins Dasein getreten war, einer die epische Verlaufsstruktur mit episodenhaft gestraffter Dramatik durch einen Erzählerrahmen verbindenden Gestalt, erreichte kurz darauf in der ›Brücke von San Luis Rey‹ (1927) ihre wohl klarste, knappste, zugleich aber auch erfolgreichste Ausformung, so daß dies Buch der epische Höhepunkt wurde, dem sich als dramatischer Höhepunkt später ›Unsere kleine Stadt‹ zugesellte.

›Die Brücke von San Luis Rey‹ machte Wilder berühmt. Sie gewann ihm den Pulitzer-Preis und die schriftstellerische Unabhängigkeit vom Lehrerberuf, den er, nach seiner kosmopolitischen Erziehung (auf zumeist deutschen Schulen in Hongkong und China) und nach akademisch-humanistischer Ausbildung (in Yale und auf dem Oberlin-College in Ohio) als Französischlehrer an der Lawrenceville-Schule bei Princeton aufgenommen hatte. Wie sein erster Roman, der in den höchsten Kreisen der römischen Aristokratie spielt und

Wilders Erfahrungen während seines Studiums am Amerikanischen Institut in Rom verarbeitete, läßt auch sein zweiter, eben ›Die Brücke von San Luis Rey‹, neben humanistisch-klassischer Erziehung, hier zumal romanistischer Bildung, die Kenntnis französischer, spanischer und kolonialspanischer Kultur im Peru des 18. Jahrhunderts erkennen, verrät aber auch in seiner ironischen Tönung der religiösen, insbesondere der theologischen Fragen der Theodizee, der Rechtfertigung Gottes durch den Menschen, wie sich skeptisch-humanistischer Geist bei Wilder, dem Sohn eines Congregationalisten und einer Presbyterianerin, auf dem festen Boden einer im Grunde asketisch-calvinistischen Religiosität angesiedelt hatte.
Das Studium der romanischen Sprachen und Literaturen in Princeton, das Wilder im Jahre 1926 mit dem Examen des Magister Artium abschloß, hatte ihn mit der französischen und spanischen Literatur des 16. und 17. Jahrhunderts, des »Goldenen Zeitalters«, bekanntgemacht: Seine Marquesa de Montemayor trägt unter dem Namen eines berühmten spanischen Autors der Renaissance die französischen Züge der durch ihre Briefschreibekunst nicht weniger berühmten Madame de Sévigné, und Camila Perichole [sprich perikóle] ist Prosper Mérimées Einakter ›Le Carrosse du Saint Sacrement‹ entsprungen und lebt auch als die zwischen der Begierde eines Serenissimus und der Zuneigung eines Straßensängers stehende Heldin der musikalisch

hochgepriesenen Offenbach-Operette ›La Périchole‹ weiter, deren schwaches Libretto (von Meilhac und Halévy) kein Geringerer als der für Offenbach begeisterte Karl Kraus erneuerte – ein Parallelfall zu der den Nestroyschen Jux zum Hello Dolly-Hit verwandelnden ›Heiratsvermittlerin‹ Wilders.
Daß Wilder Peru nicht bereist hatte, war für ihn ohne Belang. Einem Mitarbeiter des ›Paris Review‹ gegenüber erklärte er einmal, die Reise der Einbildungskraft nach einem fernen Ort sei ein Kinderspiel, verglichen mit einer Reise in eine andere Zeit: über das New York von 1812 zu schreiben, sei genauso unsinnig schwer, wie über die Inkas. In der ›Brücke von San Luis Rey‹ gelang ihm in überzeugender Weise das eine wie das andere.
Wenn ein um »literarische Lokaltermine« bemühter Schriftsteller wie Dietmar Grieser (›Vom Schloß Gripsholm zum River Kwai‹) die Schlucht, über die sich die berühmte, von den Inkas im 14. Jahrhundert gebaute Lianenseilbrücke spannte, als den Cañon des Flusses Apurimac identifizieren konnte und den Anblick der großartigen Landschaft als den selben erfuhr, der sich Wilders Bruder Juniper bot, so ist dies das beste Zeugnis für die wirklichkeitsbeschwörende Einbildungskraft des Dichters Wilder.
In der farbigen Suggestivität dieses Romans sind nun aber die gegenläufigen Einflüsse einer neuhumanistisch orientierten Ästhetik und eines puritanischen

Moralismus erkennbar, die jedoch beide in dem Motiv nach sinnstiftender Selbsterneuerung zusammentreffen. Sie wirken sich aus zugunsten kunstvoll verdichteter Charakter- und Situationsbilder – Szenen, in denen sich der unerwartete Einbruch einer die Tiefe des Bewußtseins von einer transzendenten Wahrheit her plötzlich ganz erhellenden Erfahrung ereignet, welche die Schicksale der Betroffenen entscheidend verändert.

Fünf solcher Schicksale, in fremdartiger, farbiger Umgebung, Schicksale, in die andere folgenreich verflochten sind, werden, in drei Teile gruppiert und von den beiden Teilen der Rahmengeschichte umklammert, dem gemeinsamen Ende im tödlichen Sturz von der zerreißenden Brücke zugeführt. (Die Fünfzahl der Kapitel mag ein Durchschlagen der dramatischen Fünf-Akte-Struktur sein.) Die Rahmengeschichte erzählt, wie der zufällige Augenzeuge der Katastrophe, der kleine, eifrig um die Ausbreitung des rechten Glaubens bemühte Franziskanerbruder Juniper, den erfolglosen Versuch macht, die vorherbestimmte Notwendigkeit des gleichzeitigen Todes der fünf Opfer aus ihren sorgfältig erforschten Lebensumständen zu beweisen.

Eigentlich ist diese grausam-rührende, groteskfromme Geschichte einer Gottesrechtfertigung aber doch nur ein gewiegtes Ablenkungsmanöver Wilders, der eine – falsche – Norm für die Deutung jenes Kollektivtodes brauchte (und zu diesem Zwecke erfand), um davon seine eigene, indessen eingestandenermaßen auch nicht gesicherte Deutung abzuheben, die den Leser selbst, wie ein Orakelspruch, zur eigenen Schlußfolgerung und Sinnfindung nötigt. Deshalb ist zunächst auch Vorsicht geboten, wenn die letzte Sprecherin, die gute Äbtissin, am Schluß so schlicht und schön (und glatt) die schmerzlichen Ereignisse in der Sentenz zusammenfaßt, daß die Liebe das einzig Bleibende, der einzige Sinn sei.

Zwar mag der wahre, freilich nicht eindeutig auszumachende Sinn der Geschichte seinen Grund in dem Hinweis auf die Liebe haben. Nimmt man indessen nicht die so vollkommen ausformulierte Aussage einer seiner Personen, sondern die Aussage des ganzen Buches mit seinem vielschichtigen Ineinandergreifen der Worte, Sätze und Teile als Sinnträger, so muß die Aufmerksamkeit auf gewisse verbale Signale fallen, die in eine bestimmte Richtung der gesuchten Sinndeutung weisen, ohne daß sie durch begriffliche Begrenzung verfälschend festzulegen wäre.

Beim wiederholten Lesen des – englischen – Textes springen dem Beobachter sich deutlich, bisweilen verdächtig wiederholende Worte ins Auge, die den geheimen Schlüssel zum Sinn des Ganzen zu enthalten scheinen und deshalb kaum Produkte des Zufalls sein können: sich der wörtlichen Übersetzung entziehende Worte, Ausdrücke, Figuren, die alle im Bedeutungsfeld des Überraschens oder Überraschtwerdens angesiedelt sind und mit verwandten Sinnbezirken wie denen des »Wunderns«, »Staunens« und des »Seltsamen« in Berührung stehen. Es ist auffällig genug, daß jedes der fünf Opfer, genauer: daß alle außer Onkel Pio, nämlich sowohl die, deren lange Lebenserfahrung ihre eigene Liebeskraft – Liebe als Tun und Leiden – erprobt, diejenige der Geliebten aber schmerzlich entbehrt hat, wie die, deren Jugendlichkeit die Liebe als Erfüllung kurz oder kaum oder nur erst in dumpfer Entbehrung erfahren hat, irgendwann vor seinem Ende das Erlebnis eines überwältigenden Überraschtwerdens hat. Die Marquesa hat den Brief Pepitas an die Äbtissin gelesen. Er hat ihr die ganze Einsamkeit und Liebebedürftigkeit des Mädchens enthüllt. Nun wird sie plötzlich der eigenen Fühllosigkeit gegenüber dieser verborgenen Liebeskraft und Liebebedürftigkeit ihrer jungen Gefährtin inne: »Sie fühlte plötzlich das Bedürfnis, den ganzen Brief noch einmal zu lesen, um, wenn möglich, das Geheimnis eines so großen Glücks zu entdecken« (»to surprise, if possible, the secret of so much felicity«). (Es ist wahrscheinlich, daß für den Romanisten Wilder das französische »surprendre« in der schärferen Bedeutung des »Ertappens« bei seiner stilistischen Verwendung des englischen Wortes »surprise« mitgespielt hat.) Was aber genauer mit »to surprise« (»überraschen«, »entdecken«, »ertappen«) gemeint ist, in welchem erkenntnisvermittelnden Zusammenhang Wilder das Wort selber neu entdeckt, zeigt die für die reu-

ige Perichole unbegreifliche Güte der alten Frau, die statt der hämischen Spottlieder nur die himmlische Lyrik Moretos gehört zu haben scheint: »Ich fühlte«, sagt sie zu Camila, »meine Tochter, als würde ich – was sagt der Dichter? – ›durch eine Wolke hindurch die Unterhaltung der Engel belauschen‹« (»surprising through a cloud the conversation of the angels«). Auch Pepita hatte ihren Augenblick der großen Überraschung erlebt, als die Äbtissin sie besuchte, um lange mit ihr zu reden (»by surprise, hours would open up in which the directress suddenly appeared and talked to her at great length«). Zu Esteban sagt der Kapitän Alvarado vor dem Aufbruch nach Lima und in den Tod: »Du wirst überrascht sein, wie die Zeit vergeht« (»You'll be surprised at the way time passes«). Und von ihrem epileptischen Sohn Don Jaime sagt die Perichole – Wilder sollte später dies Thema in den ›Iden des März‹ mit dem Motiv der »göttlichen« Krankheit Julius Caesars wiederaufnehmen – »Er liegt da, so weiß und... so überrascht« (»He lies there, so white and... so surprised.«). Allein Onkel Pio ist nie überrascht – seine Fähigkeit des Wunderns und Staunens hat sich in seinem langen Leben offenbar am Wunder der Schönheit der Frauen und der Kunst erschöpft. Er ist, wenn nicht erfüllt, so doch gesättigt, oder – ganz entleert.
Aber selbst in der Rahmenhandlung mit Bruder Junipers Verteidigung Gottes, die ihm als aufklärerische Versuchung und Ketzerei ausgelegt wird, steht das ge-

heimnisträchtige Schlüsselwort. Als Bruder Juniper beschließt, dem geheimen Leben der fünf Opfer nachzuforschen, die da in einem Augenblick durch die Luft stürzten, heißt es, er wolle »den Grund ihres Fallens aufdecken« (»to surprise the reason of their taking off«). Und noch deutlicher wird der angedeutete Sinn, als der Erzähler die Ansicht des Bruders über den Charakter der Katastrophe und ihrer Untersuchung wiedergibt: »Hier endlich konnte man Seine (Gottes) Absichten in Reinheit entdecken« (»Here at last one could surprise His intention in a pure state«).
Hier auch kann man, meine ich, Wilders Absichten in größtmöglicher Reinheit entdecken. Dem gewiegten Schriftsteller, der die Skepsis um der Überredung zum Mitvollzug metaphysischer Erfahrung willen zu pflegen liebt, bietet das Wort »surprise« sowohl in seiner aktiv-transitiven Bedeutung, nämlich »(jemanden bei einem Tun) überraschen, ertappen, entdecken«, wie auch in der passiv-intransitiven Bedeutung, nämlich »überrascht, ertappt, entdeckt, heimgesucht werden«, ein Mittel, um einen Zustand bisheriger begrenzter Gewohnheit zu durchbrechen und in dem jähen Eröffnen einer neuen, erschreckend-beglückenden Dimension des Empfindens, einer anderen »Welt« also, anzuzeigen, daß das Äußerste menschlicher Erfahrungsmöglichkeit erreicht ist: nicht unbedingt das Ende, aber das Äußerste. Wenn die Liebe, die von Wilder gemeinte selbstabgewandte Liebe, eine Agape oder

Caritas, die nicht ohne den Reiz des Eros ist, das Mittel ist, dieser Erfahrung teilhaftig zu werden, so ist doch die Liebe noch nicht der Sinn selbst. Wilder hütet sich in seiner Weisheit, diesen Sinn selbst festzustellen.
Er hat einmal in eigener Person erklärt (in einem Interview in Berlin 1931): »Was ich in meinen Büchern zu beschreiben versucht habe, ist die magische Einheit von Absicht und Zufall, von Bestimmung und Unberechenbarem.« Der vorgeschobene Protagonist der Rahmenhandlung verfällt auf eine Wahnidee – nein, er verfällt ihr. Der Erzähler des ganzen Romans ›Die Brücke von San Luis Rey‹, ebenfalls eine erdichtete Gestalt, eine *persona fictiva* Wilders, sucht nach der »zentralen Leidenschaft« (»central passion«) der unmittelbar und mittelbar von der Katastrophe Betroffenen, ohne ganz sicher zu sein, die volle Wahrheit entdeckt zu haben. Das letzte Wort der Sinnerschließung hat der Leser selbst. Dazu aber benötigt er alle offenen und versteckten Hinweise des Textes, wie den auf den Ersten (nicht Zweiten) Korintherbrief des Apostels Paulus, das Hohelied der wahren göttlichen Liebe.
›Surprised by Joy‹ – »Überrascht« – ja mehr: »Heimgesucht von Freude« nannte der englische Historiker und Schriftsteller C. S. Lewis seine Autobiographie, in der er seine Bekehrung zum gläubigen Christen schildert. Er entnahm diesen Titel einem Sonett William Wordsworths, dessen Sinn zwar einen geliebten Toten betrifft, aber leicht auf eine übersinnliche Macht bezo-

gen werden kann, die als eine unerklärliche, geradezu bestürzende Freude den Vater beim Anblick seines geliebten toten Kindes überkommt.
Im mystischen Sinne der erst durch den Tod sich ganz verwirklichenden Liebe schlägt das Wort »überraschen« nicht so sehr eine Brücke, als daß es, einschlagend wie ein Blitz, die plötzliche äußerste Erhellung einer Seele zeigt. Instinkt- und zielsicher hat schon 1937 Hans Egon Holthusen die zentrale Bedeutung des »Entdeckens« bei Wilder erkannt: »Es liegt also diesem Dichter fern«, schreibt Holthusen, »mit außerkünstlerischer Absicht und gesichertem Wissen das vorgefundene Leben zu bedrängen und zu belehren; er bringt nicht einmal ein wahres ›Vorurteil‹ mit; er will nichts als das menschliche Dasein bis auf einen Zustand enthüllen, aus dem jenes Wissen wie von selbst herausspringen muß. ›Ich hoffe‹, sagt Wilder, ›durch viele Irrtümer hindurch den Geist zu entdecken, welcher der Höhe der großen religiösen Themen entspricht.‹ Er muß also *entdeckt* werden, der Geist des Leidens und der Liebe, aufgespürt werden in den Seelen merkwürdiger Menschen, die sich irdisch gebärden.«
Was mit dieser Liebe gemeint ist, läßt sich, wenn man dem Wink Wilders folgt, am Ersten Korintherbrief im 13. Kapitel nachlesen: hier ist die von Wilder so geschickt umspielte Quelle der Erschütterung und Erneuerung; mit dieser Liebe, der *caritas,* werden alle Formen der wahren Liebe durchflutet; denn – hierin

würde Wilder sicher Dietrich von Hildebrand (›Das Wesen der Liebe‹) zustimmen – erst diese Durchflutung aller Formen der Liebe mit dem Strom der *caritas,* der *agape,* der selbstlosen Liebe in ihrer höchsten Form, bringt die Besonderheit der jeweiligen Liebe zu ihrer Vollendung.

Das Symbol der Brücke ist unauslotbar wie alle echten Symbole. Es liegt nahe, es im Sinne des Brückenschlagens auf Thornton Wilder selbst anzuwenden, den Mittler zwischen Antike und Moderne, Amerika und Europa: zwischen der Neuen und der Alten Welt.

Helmut Viebrock

Heinrich Mann

Die kleine Stadt

Roman

440 Seiten. Leinen

Die kleine Stadt liegt in Italien. Alles beginnt mit dem Erscheinen einer Theatertruppe in der kleinen Stadt. »Unsere Ankunft«, so der jugendliche Held und Liebhaber der Truppe, »hat belebend gewirkt auf die Einwohner dieser Stadt, auf einmal ist ihnen der Mut gekommen, ihre Laster in Freiheit zu setzen«. Es beginnt ein Fastnachtstreiben, ein Liebes- und Rüpelspiel, heiter und böse, zart und leidenschaftlich. In seltsamen, manchmal gespenstischen Reigen verbinden sich die Schicksale der fahrenden Künstler und der Kleinbürger – Kunst und Leben, das große literarische Thema der Jahrhundertwende klingt an. *Die kleine Stadt* ist ein utopischer Gegenentwurf zur politisch unmündigen Gesellschaft der Wilhelminischen Ära. »Was hier klingt«, schrieb Heinrich Mann zu diesem Roman, »ist das hohe Lied der Demokratie. Es ist da, um zu wirken in einem Deutschland, das ihr endlich zustrebt. Dieser Roman, so weitab er zu spielen scheint, ist im höchsten Sinn aktuell.«

Milan Kundera

Die Kunst des Romans

Essay

Aus dem Französischen von Brigitte Weidmann

Band 6897

Die sieben Teile von Kunderas Essay kreisen um die Geschichte des europäischen Romans von Cervantes bis Kafka und Broch, wobei der Roman nicht nur als literarische Gattung, sondern emphatisch als eigenständige Zugangsweise zur Welt aufgefaßt wird. Aufgabe des Romans sei es – so lautet Kunderas These –, einen bislang unbekannten Aspekt der menschlichen Existenz zu enthüllen und zu erforschen. Der Roman konkurriert demnach mit der Philosophie und besitzt ebenso großes kulturelles Gewicht wie diese. Neben scharfsinnigen Beobachtungen zur modernen Romantechnik enthält der Essay lange Passagen der Selbstinterpretation, die sich insbesondere auf *Der Scherz* und *Die unerträgliche Leichtigkeit des Seins* beziehen. Deutlich wird dabei, wieviel penible Technik und kompositorisches Können in scheinbar so leichtfüßigen Texten verborgen sein kann. Daneben liefert Kundera überzeugende Argumente gegen den angeblichen Tod des europäischen Romans.

Fischer Taschenbuch Verlag

fi 2125 / 4

Milan Kundera

Die unerträgliche Leichtigkeit des Seins

Roman

Aus dem Tschechischen von Susanna Roth

Band 5992

»Sie kam ihm vor wie ein Kund, das jemand in ein pechbestrichenes Körbchen gelegt und auf dem Fluß ausgesetzt hatte, damit er es am Ufer seines Bettes barg.« Der Prager Chirurg Thomas, der die Frauen begehrt und zugleich fürchtet, ein Erotomane, der seine Scheidung wie eine Hochzeit feiert und fortan der Liebe aus dem Weg geht, bricht für die Kellnerin Teresa mit einigen seiner Grundsätze. Der Roman »Die unerträgliche Leichtigkeit des Seins« machte Milan Kundera auf einen Schlag zu einem Weltautor.

»Milan Kunderas Roman mutet wie ein kühnes intellektuelles Feuerwerk an, in welches sich immer wieder auch die Raketen des Sentiments und der Sinnlichkeit mischen.«
Neue Zürcher Zeitung

Fischer Taschenbuch Verlag

fi 25992 / 1

Boris Pasternak

Doktor Shiwago

Roman

Deutsch von Thomas Reschke

Band 29519

Doktor Shiwago beginnt im Jahre 1903 und endet 1929 mit dem Tod Shiwagos, der in einer überfüllten Moskauer Straßenbahn einem Herzschlag erliegt. Ein Epilog führt in den Zweiten Weltkrieg bis ins Jahr 1943. Davor eine Zeit mit Krieg, Februar- und Oktoberrevolution, Bürgerkrieg, Hungersnot. Im Mittelpunkt des Romans stehen Juri Shiwago und Lara. Mit Shiwago ist ein neuer Typ in unsere Vorstellungswelt getreten, ein Mann, der nicht mehr gedrückt unter einem Ideologiezwang lebt, sondern über ihn hinausragt, ohne dass er allerdings das Leben im totalitären Staat gemeistert hätte.

»Die Kunst Pasternaks
vermag es, den Leser zu entführen dorthin,
wo in der Anteilnahme am menschlichen Schicksal
die politischen Gegensätze überbrückt und gleichgültig
gemacht werden. Das ist vielleicht das höchste Lob,
das man einem literarischen Werk spenden kann.
Ein Bestseller und doch hohe Literatur.«

Helmut Heißenbüttel

Fischer Taschenbuch Verlag

fi 29519 / 1